Dr. Oetker

100% pflanzlich

VEGANE REZEPTE

Dr. Oetker

100% pflanzlich

VEGANE REZEPTE

Dr. Oetker Verlag

Vorwort

Garantiert rein pflanzlich! Immer mehr Menschen verbannen tierische Lebensmittel vom Speiseplan. Warum? Der Respekt gegenüber dem Tier als Lebewesen und die Ablehnung der Bedingungen, unter denen tierische Lebensmittel heute produziert werden.

Dass man auch ohne Fleisch und Fisch etwas Feines auf den Tisch zaubern kann, mag heute niemanden mehr verwundern. Doch was nimmt man statt Milch, Sahne, Butter, Eiern und Honig? Wer hier ein ödes Einerlei aus Salatblättern und Getreidekörnern erwartet, wird überrascht sein, was so alles geht:

Zum Frühstück gibt's Vollkornbrötchen, wahlweise mit Dattel-Nuss-Creme, Kirchererbsenmus oder Erdbeer-Minz-Konfitüre. Der Grünkern-Trifle-Salat kommt einfach ins Schraubglas und wird eingepackt. In der Mittagspause dann nur noch kräftig schütteln und genießen. Lust auf was Deftiges? Unser veganes Gulasch hat da echtes Leibspeisenpotenzial. Für süße Zeiten sorgen Apfelpfannkuchen oder Sojamilchreis. Wenn mal wieder Dauerregen angesagt ist oder alles einfach nicht so richtig laufen will, sind Schoko-Brownies wahre Seelentröster.

Ratgeber Vegane Ernährung

Was heißt vegan?

• Veganer verzichten auf alle Lebensmittel tierischen Ursprungs. Also neben Fleisch und Fisch auch auf Milch und Milchprodukte, Eier, Gelatine und andere tierische Lebensmittel wie zum Beispiel Honig.

• Die **Beweggründe** beruhen zumeist auf einer grundsätzlichen Lebenseinstellung: Tierische Produkte (egal von welchem Nutztier) werden generell, u. a. aus Tierliebe und Respekt gegenüber dem Lebewesen Tier, abgelehnt. Neben Lebensmitteln tragen viele Veganer auch keine Kleidung und Schuhe aus Leder und benutzen keine Kosmetik mit Inhaltsstoffen tierischer Herkunft. Der Gesundheitsfaktor sowie religiöse und Umweltaspekte sind weitere Gründe.

Abkürzungen

EL = Esslöffel
TL = Teelöffel
Msp. = Messerspitze
Pck. = Packung/Päckchen
g = Gramm
kg = Kilogramm
ml = Milliliter
l = Liter
evtl. = eventuell
geh. = gehäuft
gem. = gemahlen
ger. = gerieben
gestr. = gestrichen
TK = Tiefkühlprodukt
°C = Grad Celsius
Ø = Durchmesser

Kalorien-/Nährwertangaben

E = Eiweiß
F = Fett
Kh = Kohlenhydrate
kJ = Kilojoule
kcal = Kilokalorien
BE = Broteinheiten

Bei den Nährwertangaben in den Rezepten handelt es sich um auf- bzw. abgerundete ganze Werte. Broteinheiten sind mit einer Stelle nach dem Komma angegeben. Aufgrund von ständigen Rohstoffschwankungen und/oder Rezepturveränderungen bei Lebensmitteln, kann es zu Abweichungen kommen. Die Nährwertangaben dienen daher lediglich Ihrer Orientierung und eignen sich nur bedingt für die Berechnung eines Diätplans, zum Beispiel bei Krankheiten wie Diabetes. Bei krankheitsbedingten Diäten richten Sie sich daher bitte nach den Anweisungen Ihres Diätassistenten bzw. Ihres Arztes.

Wichtig:
Die vegane Ernährung ist nach der Empfehlung der Deutschen Gesellschaft für Ernährung (DGE) nur für gesunde Erwachsene als dauerhafte Ernährungsweise geeignet, unter der Voraussetzung, dass sie sich unbedingt detaillierte Ernährungskenntnisse aneignen. Denn durch diese Ernährungsform kann es zu einer Nährstoffunterversorgung kommen. Wer sich vegan ernähren möchte, sollte das unbedingt mit seinem Hausarzt besprechen und sich regelmäßig durchchecken lassen, um möglichen Mangelerscheinungen frühzeitig entgegenwirken zu können. Schwangere und Stillende, Kinder sowie ältere Menschen sollten sich möglichst nicht vegan ernähren.

Vegan einkaufen

• **Wo?** Mittlerweile bekommt man in gut sortierten Supermärkten schon Einiges. Im Bio-, Naturkostladen und im Reformhaus ist die Auswahl allerdings größer. Immer gilt: Die Zutatenliste studieren, um sicher zu gehen, dass alle Zutaten wirklich auf pflanzlicher Basis hergestellt wurden. Auch hier ist ein umfassendes Ernährungswissen nötig, denn nicht immer ist die tierische Herkunft zu erkennen: E 120 (Echtes Karmin) ist zum Beispiel ein roter Farbstoff, der aus Schildläusen gewonnen wird. Mittlerweile erleichtern einige Hersteller ihren Kunden den Einkauf, indem sie ihre Produkte als vegane Kost kennzeichnen.

• **Wie?** Wie für alle anderen Ernährungsformen auch gilt: Wer vielfältig einkauft, sorgt für den besten Nährstoff-Mix. Jedoch sollten besonders Veganer ihre Ernährung immer ganz genau im Auge haben, das bedeutet unter anderem sehr bewusst einzukaufen und sich Zeit dafür zu nehmen.

• **Was?** Viele Veganer greifen auf industriell gefertigte vegane Produkte zurück. Hier wird die Auswahl immer vielfältiger. Von Hafersahne, Sojamilch über vegane Schokolade bis zum veganen Würstchen oder Schnitzel in der Tofuversion gibt es alles, was das Herz begehrt. Neben Sojaprodukten als Fleischersatz schwören viele Veganer auf Seitan. Er wird durch das Auswaschen der Stärke aus Weizen gewonnen, kann natur oder paniert gebraten, gekocht oder frittiert werden. Seitan bekommt man in vielen Bioläden oder im Online-Versand. Er kann aber auch selbst hergestellt werden. Unter den Veganern gibt es jedoch solche, die industriell gefertigte Produkte ablehnen und nur Nahrungsmittel verwenden, wie sie in der Natur vorkommen.

Tipps für den Alltag

- Möglichst vielfältig vegan essen.
- Dem Energiebedarf angepasst ernähren.
- Möglichst weitgehend unverarbeitete Lebensmittel verwenden: Vollkornmehl statt Weißmehl, Vollkornreis statt geschältem Reis.
- Statt mit industriellem Zucker lieber mit Voll-Rohrzucker oder Dicksaft süßen.
- Jeden Tag verschiedene Eiweißquellen einplanen: Hülsenfrüchte, Sojaprodukte, Nüsse, Samen, Getreide und eiweißreiche Gemüsesorten.

Obst-Getreide-Speise mit Mandelmus

Dauert etwa 15 Minuten, ohne nächtliche Quellzeit, für 2 Personen.

Einfach & lecker

Zutaten:

Zum Vorbereiten:
100 g 4-Korn-Flocken, z. B. aus Hafer, Dinkel, Gerste und Roggen
Wasser

Für den Obstsalat:
1 kleiner Apfel
1 kleine Banane
1 Kiwi
1 EL Rosinen

Außerdem:
100 ml naturtrüber Apfelsaft
2 EL Mandelmus (aus Reformhaus oder Naturkostladen)
1 EL Agavendicksaft (ersatzweise anderer Frucht-Dicksaft oder Ahornsirup)

Pro Portion:
E: 10 g, F: 14 g, Kh: 69 g,
kJ: 1850, kcal: 442, BE: 5,5

Zubereitung:

1. Die Getreideflocken in einer Schale mit Wasser gut bedecken und über Nacht darin einweichen. Am nächsten Morgen die eingeweichten Getreideflocken in ein Sieb abgießen und abtropfen lassen.

2. Für den Obstsalat den Apfel heiß abwaschen, abtrocknen, vierteln und entkernen. Die Apfelviertel erst in Spalten, dann quer in dünne Stücke schneiden. Banane schälen und in Scheiben schneiden. Kiwi schälen, erst in Scheiben, dann in Stücke schneiden.

3. Rosinen nach Belieben in einem Sieb mit kaltem Wasser abspülen und gut abtropfen lassen, evtl. mit Küchenpapier trocken tupfen.

4. Apfelsaft mit Mandelmus und Agavendicksaft gut verrühren. Das vorbereitete Obst unter die Apfel-Mandel-Sauce mischen. Die Getreideflocken vorsichtig unterheben und die Speise in Müslischalen anrichten.

Oder ohne Einweichzeit:

Statt 4-Korn-Flocken die gleiche Menge Getreidesprossen (etwa aus Dinkel, Gerste, Roggen, Weizen) verwenden. Diese dann nur in einem Sieb mit kaltem Wasser abspülen und gut abtropfen lassen. Die nächtliche Einweichzeit entfällt dabei. Getreidesprossen sind allerdings im Reformhaus oder Naturkostladen nicht immer und überall vorrätig.

Warenkunde:

Agavendicksaft schmeckt neutral süß, ist dünnflüssig, goldgelb und gut löslich. Er wird aus dem zuckerhaltigen Saft verschiedener Agaven gewonnen. Übrigens: Wird Agavensaft besonders zubereitet und zweimal destilliert, entsteht Tequila.

Crunch-Müsli-Wochenvorrat

Für den perfekten Start in den Tag

Dauert etwa 30 Minuten, ohne Abkühlzeit,
für etwa 10 Portionen (etwa 530 g).

Zutaten:

25 g gehackte Mandeln oder Haselnusskerne
50 g Sonnenblumenkerne
25 g Kürbiskerne
50 g Leinsamen
50 g Sesamsamen
250 g 4-Korn-Flocken, z. B. aus Hafer, Dinkel, Gerste und Roggen
75 ml Agavendicksaft
50 g Rosinen

Pro Portion:
E: 8 g, F: 9 g, Kh: 28 g,
kJ: 937, kcal: 223, BE: 2,5

Zubereitung:

1. Mandeln oder Nusskerne mit Sonnenblumenkernen, Kürbiskernen, Leinsamen und Sesamsamen in einer großen Pfanne ohne Fett unter gelegentlichem Wenden bei mittlerer Hitze goldbraun rösten. Anschließend auf einen Teller geben und beiseitestellen.

2. 4-Korn-Flocken in die Pfanne geben und ebenso unter gelegentlichem Wenden rösten.

3. Die Nusskernmischung zurück zu den 4-Korn-Flocken in die Pfanne geben. Agavendicksaft dazugeben und alles bei schwacher Hitze in 2–3 Minuten karamellisieren lassen, dabei gelegentlich umrühren. Die Pfanne von der Kochstelle nehmen. Das Müsli etwas abkühlen lassen.

4. Das Crunch-Müsli mit den Rosinen mischen und vollständig in der Pfanne erkalten lassen.

So bleibt es schön knackig:

Das Crunch-Müsli am Besten in einer luftdicht verschlossenen Dose oder einem Glas trocken, kühl und dunkel aufbewahren.

Aus dem Ofen:

Wer lieber im Ofen rösten möchte, heizt diesen zunächst vor (Ober-/Unterhitze: etwa 180°C, Umluft: etwa 160 °C). Die Nüsse, Kerne und Samen mit dem Agavendicksaft und etwa 75 ml Wasser vermischen und auf einem Backblech verteilen. Das Backblech in den vorgeheizten Backofen (Mitte) schieben und die Masse etwa 30 Minuten rösten. Dabei die Masse zwischendurch von außen nach innen 2–3-mal umrühren. Wichtig: Bei Ober-/Unterhitze muss die Backofentür einen Spalt breit offen bleiben, damit das Wasser entweichen kann! Das im Ofen zubereitete Müsli wird etwas dunkler als das aus der Pfanne.

Und so wird's getunt:

Für 1 Portion etwa 4 Esslöffel Crunch-Müsli mit 150 g Sojajoghurt oder 150 ml Sojamilch in einer Müslischale verrühren. Lecker schmecken auch Hafer-, Mandel- oder Reisdrinks.
Oder einfach aus 200–250 g vorbereitetem, frischem Obst der Saison einen Obstsalat zubereiten und mit etwas Crunch-Müsli krönen.

Dreierlei Aufstriche In Schwarz, Rot, Gold

Dattel-Nuss-Creme

Dauert etwa 15 Minuten,
für 1 Glas (etwa 200 ml Inhalt).
Haltbarkeit: 4–5 Tage (im Kühlschrank)

Zutaten:

125 g getrocknete Datteln
50 g ungesalzene, geröstete Erdnüsse
3 EL Sojamilch (zimmerwarm)
1 EL Carobpulver (aus Reformhaus oder Naturkostladen)
100 g Banane (vorbereitet gewogen)

Insgesamt:
E: 20 g, F: 28 g, Kh: 114 g, kJ: 3328 , kcal: 795, BE: 9,5

Zubereitung:

1. Die Datteln fein hacken. Erdnüsse etwas gröber als die Datteln hacken. Milch mit Carobpulver kräftig verrühren, bis eine homogene Masse entsteht.

2. Banane mit einer Gabel fein zermusen. Das Mus mit Datteln, Erdnüssen und der Milchmasse kräftig verrühren. Die Creme in ein Glas füllen. Das Glas mit dem Deckel gut verschließen und zum Aufbewahren in den Kühlschrank stellen.

Tipps:

Das Carobpulver verleiht der Dattel-Nuss-Creme den kakaoähnlichen Geschmack und das dunklere Aussehen. Es kann durch Johannisbrotkernmehl ersetzt werden. Beide Pulver binden die Creme auf natürliche Weise.
Noch aromatischer schmeckt die Creme, wenn Sie statt Sojamilch die etwas teurere Mandelmilch (aus Reformhaus oder Naturkostladen) nehmen.

Kichererbsenmus

Dauert etwa 10 Minuten, ohne Abkühlzeit,
für 1 Glas (etwa 200 ml Inhalt).
Haltbarkeit: 4–5 Tage (im Kühlschrank)

Zutaten:

1 Schalotte oder ½ Zwiebel
1 EL Speiseöl, z. B. Sonnenblumenöl
1 gestr. TL Kurkuma (Gelbwurz)
1 gestr. TL Currypulver
Salz
100 g abgetropfte Kichererbsen (aus der Dose)
2–3 EL Gemüsebrühe
50 g Banane (vorbereitet gewogen)
gem. Pfeffer

Insgesamt:
E: 9 g, F: 13 g, Kh: 32 g, kJ: 1201, kcal: 287, BE: 2,5

Zubereitung:

1. Schalotte oder Zwiebel abziehen und fein hacken. Öl in einem kleinen Topf erhitzen. Schalotten- bzw. Zwiebelwürfel mit Kurkuma, Currypulver und ½ Teelöffel Salz darin andünsten. Die Kichererbsen mit der Gemüsebrühe hinzufügen, alles 2–3 Minuten bei mittlerer Hitze mitdünsten. Den Topf von der Kochstelle nehmen. Die Kichererbsenmasse abkühlen lassen.

2. Banane in einen Rührbecher geben. Kichererbsenmasse hinzugeben, alles pürieren. Das Kichererbsenmus mit Salz und Pfeffer kräftig abschmecken, evtl. noch etwas Gemüsebrühe unterpürieren. Kichererbsenmus in ein Glas füllen. Das Glas fest verschließen und in den Kühlschrank stellen.

Erdbeer-Minz-Konfitüre

Dauert etwa 35 Minuten,
für 4 Gläser (je etwa 200 ml Inhalt).
Haltbarkeit: 3–4 Monate (kühl und dunkel gestellt)

Zutaten:

450 g Erdbeeren (vorbereitet gewogen)
2–3 Stängel Minze oder Zitronenmelisse
Saft von 1 Zitrone
450 g Gelierzucker 1:1

4 Gläser mit Twist-off-Deckeln®
(je 200 ml Inhalt)
sauberes Küchenhandtuch

Pro Glas:
E: 1 g, F: 0 g, Kh: 117 g,
kJ: 2061, kcal: 485, BE: 10,0

Zubereitung:

1. Erdbeeren abspülen, abtropfen lassen und entstielen. Erdbeeren klein schneiden und 450 g abwiegen. Erdbeerstückchen in einen hohen Rührbecher geben und pürieren. Minze oder Melisse abspülen, trocken tupfen und die Blättchen von den Stängeln zupfen. Blättchen in feine Streifen schneiden. Erdbeerpüree mit Zitronensaft in einem großen Topf mit dem Gelierzucker gut verrühren. Alles unter Rühren bei starker Hitze zum Kochen bringen und nach Packungsanleitung etwa 4 Minuten sprudelnd kochen lassen. Die Kräuterstreifen hinzufügen und noch etwa 1 Minute unter ständigem Rühren sprudelnd kochen lassen.

2. Topf von der Kochstelle nehmen. Erdbeermasse sofort randvoll in die vorbereiteten Gläser füllen. Gläser mit Deckeln verschließen, umdrehen und etwa 5 Minuten auf den Deckeln stehen lassen.

3. Anschließend die Gläser während des Erkaltens gelegentlich umdrehen, damit sich die Kräuterstreifen gut verteilen.

Tipp:

Wenn Sie auf die Zugabe von Kräutern verzichten, verlängert sich die Haltbarkeit der Erdbeerkonfitüre auf etwa 1 Jahr.

Breakfast-Drinks

Flüssignahrung

Dauert etwa 10 Minuten pro Drink,
für je 1 Portion (200–250 ml).

Zutaten:

Für Orangen-Bananen-Saft mit Kiwi:
½ Banane
1 Kiwi
125 ml Orangensaft (von 1 großen Orange)
evtl. 1–2 Eiswürfel

Für Erdbeer-Mandelmilch-Smoothie:
100 g frische Erdbeeren
100 ml kalte Mandelmilch (aus dem Reformhaus)
1 TL Voll-Rohrzucker
1 EL Zitronensaft
gem. Zimt

Für Petersilien-Sojamilch-Smoothie:
½ Bund Petersilie
100 g Salatgurke
100 ml kalte Sojamilch
Salz
gem. Pfeffer
Kreuzkümmel (Cumin)

Pro Portion Orangen-Bananen-Saft mit Kiwi:
E: 2 g, F: 1 g, Kh: 25 g, kJ: 516, kcal: 123, BE: 2,0

Pro Portion Erdbeer-Mandelmilch-Smoothie:
E: 2 g, F: 3 g, Kh: 16 g, kJ: 417, kcal: 99, BE: 1,5

Pro Portion Petersilien-Sojamilch-Smoothie:
E: 4 g, F: 2 g, Kh: 4 g, kJ: 213, kcal: 51, BE: 0,5

Zubereitung:

1. Für den **Orangen-Bananen-Saft mit Kiwi** Banane und Kiwi schälen, beides in Stücke schneiden. Bananen- und Kiwistücke mit dem Orangensaft in einem Rührbecher solange pürieren, bis ein farblich einheitlicher Drink entsteht. Nach Belieben die Eiswürfel in ein Glas geben und mit dem Drink auffüllen.

2. Für den **Erdbeer-Mandelmilch-Smoothie** Erdbeeren entstielen, abspülen und gut abtropfen lassen. Die Mandelmilch mit Zucker, Zitronensaft, etwas Zimt und den Erdbeeren in einen Rührbecher geben und alles kurz pürieren. Smoothie in 1 Glas gießen.

3. Für den **Petersilien-Sojamilch-Smoothie** Petersilie abspülen, trocken tupfen und die Blättchen von den Stängeln zupfen. Gurke abspülen, trocken tupfen und nach Belieben schälen. Von der Salatgurke das Ende abschneiden, Gurke in Scheiben schneiden. Milch mit Salz, Pfeffer, Kreuzkümmel, Petersilie und Gurkenscheiben in einen Rührbecher geben und alles kurz pürieren. Smoothie in 1 Glas füllen.

Oder so:

Richtig satt macht der Orangen-Bananen-Saft wenn Sie 2–3 Esslöffel Schmelzflocken unter den fertigen Saft rühren. Statt Orangen- schmecken auch Grapefruit- oder Blutorangensaft.

Auch lecker:

Für einen **Mango-Reismilch-Smoothie** ½ Banane schälen und das Fruchtfleisch in Scheiben schneiden. 75 g Mango-Fruchtfleisch in Stücke schneiden. 100 ml kalten Reisdrink mit ½–1 Esslöffel Zitronensaft, Bananenscheiben und Mangostücken in einem Rührbecher kurz pürieren.

Oder lieber richtig schön gelb?

Dann breiten Sie doch einen **Paprika-Mandelmilch-Smoothie** zu. Dafür ½ Paprikaschote entstielen, entkernen und die weißen Scheidewände entfernen. Paprikahälfte in Stücke schneiden. 1 gelbe Tomate abspülen, trocken tupfen, vierteln und den Stängelansatz herausschneiden. 100 ml Mandelmilch mit Salz, Pfeffer, einigen getrockneten italienischen Kräutern sowie Paprikastücken und Tomatenvierteln in einen Rührbecher geben und alles kurz pürieren.

Zutaten:

1 Zwiebel
1 Knoblauchzehe
1 Möhre (etwa 100 g)
je ½ rote, gelbe und grüne Paprikaschote
1 kleine Aubergine (200–250 g)
1 kleine Zucchini (etwa 200 g)
1–1 ½ EL Olivenöl
1 kleiner Stängel Rosmarin
½ Bund Thymian
400 g geschälte Tomaten (aus der Dose)
400 g Kidneybohnen (aus der Dose)
Salz
gem. Pfeffer
evtl. 2–3 Stängel Petersilie

Pro Portion:
E: 18 g, F: 10 g, Kh: 38 g,
kJ: 1310, kcal: 313, BE: 3,0

Dauert etwa 35 Minuten,
für 2 Portionen.

Chili sin Carne

Aufgewärmt noch mal so gut

Zubereitung:

1. Zwiebel und Knoblauch abziehen, beides in kleine Würfel schneiden. Möhre putzen, schälen, abspülen und abtropfen lassen. Die Paprikaschoten abspülen, abtropfen lassen, vierteln, entstielen, entkernen und die weißen Scheidewände entfernen. Aubergine und Zucchini abspülen, abtrocknen und die Enden bzw. Stängelansätze entfernen. Möhre, Paprikaschoten, Aubergine und Zucchini in ½–1 cm große Würfel schneiden.

2. Olivenöl in einem Topf erhitzen. Zwiebel- und Knoblauchwürfel bei mittlerer Hitze in 1–2 Minuten andünsten. Die Gemüsewürfel hinzugeben und alles unter gelegentlichem Rühren in etwa 3 Minuten mitdünsten.

3. Rosmarin und Thymian abspülen und trocken tupfen.

4. Die Tomaten in der Dose mit einem Messer etwas kleiner schneiden, dann zusammen mit den Kidneybohnen (mit der Flüssigkeit!) und den Kräuterstängeln in den Topf geben.

5. Die Zutaten zum Kochen bringen und zugedeckt etwa 15 Minuten bei schwacher Hitze kochen lassen. Dabei ab und zu umrühren.

6. In der Zwischenzeit nach Belieben Petersilie abspülen, trocken tupfen und die Blättchen von den Stängeln zupfen. Blättchen fein hacken.

7. Die Kräuterstängel aus dem Topf entfernen. Chili sin Carne mit Salz und Pfeffer abschmecken, mit Petersilie bestreut servieren.

Zum Verschärfen:

Schärfer wird das Chili mit einer gewürfelten Chilischote oder ein paar Spritzern Tabasco. Eine Nacht ziehen lassen und das Chili schmeckt doppelt so gut.

Dazu passen:

Das Chili mit knackigen Nudeln (ohne Ei) essen oder Kartoffelwürfel in das Chili geben oder einfach frisches Baguette dazu reichen.

Was tun mit den Resten?

Die restlichen Paprikahälften einfach für das Bunte Paprikagemüse von Seite 76 verwenden. Alternativ schmeckt das Chili natürlich auch mit Paprika in nur einer Farbe. Dann einfach 2 kleine Paprikaschoten ganz aufbrauchen.

Keine frischen Kräuter da?

Statt frischer Kräuter schmecken auch getrocknete oder gefrorene Kräuter, dann aber die folgenden Mengen verwenden: ¼ Teelöffel gerebelter Rosmarin, ½ Teelöffel getrockneter Thymian und ½ Teelöffel TK-Petersilie. Die getrockneten Kräuter etwa 5 Minuten vor Garzeitende zum Gemüse geben und mitgaren.

Fast wie bei Muttern

Dauert etwa 30 Minuten,
für 2 Personen.

Kartoffelsuppe mit Radieschen und Kohlrabi

Zubereitung:

1. Kartoffeln schälen, abspülen, abtropfen lassen und in Würfel schneiden. Das Öl in einem Topf erhitzen. Die Kartoffelwürfel darin bei mittlerer Hitze unter gelegentlichem Rühren etwa 3 Minuten anbraten. Die Gemüsebrühe hinzugießen. Die Zutaten einmal aufkochen lassen. Kartoffelwürfel in der Brühe bei mittlerer Hitze zugedeckt in etwa 15 Minuten gar kochen.

2. In der Zwischenzeit Kohlrabi schälen, evtl. die zarten Kohlrabiblätter in Streifen schneiden und zum Garnieren beiseitelegen. Kohlrabi abspülen und abtropfen lassen. Von den Radieschen Blätter, Spitzen und schlechte Stellen abschneiden. Die Radieschen gut abwaschen und trocken tupfen. 1 Radieschen in dünne Scheiben schneiden und zum Garnieren beiseitelegen.

3. Kohlrabi und restliche Radieschen auf der Haushaltsreibe grob reiben. Kresse oder Rucola abspülen, trocken tupfen und die Blättchen abschneiden.

4. Kartoffeln in der Brühe mit dem Kartoffelstampfer fein zermusen. Die Suppe mit Salz, Pfeffer, Muskatnuss und nach Belieben mit Zitronensaft abschmecken. Die Suppe evtl. erneut erwärmen.

5. Die Kohlrabi- und Radieschenraspel in 2 Suppenschälchen verteilen und mit heißer Kartoffelsuppe auffüllen. Die Kartoffelsuppe mit Kresse, Rucola oder Kohlrabiblätterstreifen sowie den beiseitegelegten Radieschenscheiben garnieren.

Tipps:

Durch das Anbraten der Kartoffelwürfel bekommt die Suppe ein feines Röstaroma. Wenn die Kartoffelwürfel ein wenig am Topfboden „ankleben", ist das unproblematisch. Beim Aufkochen der Gemüsebrühe lösen sie sich wieder vom Topfboden.
Steht die Suppe etwas länger, dickt sie etwas an. Dann 50–100 ml Gemüsebrühe zusätzlich unterrühren und evtl. erneut erwärmen.

So wird's bekömmlicher:

Wer Kohlrabi nur gegart verträgt, schneidet den Kohlrabi in dünne Stifte. Diese in der zermusten Kartoffelsuppe 3–5 Minuten bei mittlerer Hitze garen, dabei ab und zu umrühren.

Schmeckt auch:

Für eine **Kartoffelsuppe mit Möhre und Petersilie** (im Foto oben) 1 Möhre (etwa 100 g) putzen, schälen, abspülen und abtropfen lassen, dann auf der Haushaltsreibe grob reiben oder in dünne Stifte schneiden. ½ Bund Petersilie abspülen und trocken tupfen. Die Blättchen von den Stängeln zupfen und fein hacken. Die Möhre mit der gehackten Petersilie in die Teller geben und mit der Kartoffelsuppe auffüllen.

Zutaten:

500 g mehligkochende Kartoffeln
1 EL Speiseöl, z. B. Sonnenblumen- oder Rapsöl
500 ml Gemüsebrühe
1 kleiner Kohlrabi (etwa 150 g)
6 Radieschen (etwa 100 g)
½ Kästchen Gartenkresse oder Gartenrucola (ersatzweise frisches Kohlrabi-Blättergrün)
Salz
gem. Pfeffer
ger. Muskatnuss
evtl. 1–2 EL Zitronensaft

Pro Portion:
E: 6 g, F: 6 g, Kh: 35 g,
kJ: 917, kcal: 218, BE: 3,0

Zutaten:

400 g Tofu
1 ½ EL Sojasauce
1 Zwiebel
je 1 gelbe und grüne Paprikaschote
250 g Champignons
250 g Tomaten
3 Stängel Majoran oder Thymian
2 EL Speiseöl, z. B. Sonnenblumen- oder Sojaöl
500 ml Gemüsebrühe
1–2 EL Tomaten- oder Paprikamark
Salz
gem. Pfeffer
Paprikapulver rosenscharf

Pro Portion:
E: 41 g, F: 23 g, Kh: 19 g,
kJ: 1830, kcal: 437, BE: 1,0

Zubereitung:

1. Tofu in mundgerechte Stücke schneiden, in einen tiefen Teller geben, mit Sojasauce beträufeln. Tofuwürfel etwa 30 Minuten beiseitestellen, dabei ab und zu wenden.

2. In der Zwischenzeit Zwiebel abziehen, halbieren und fein würfeln. Paprikaschoten halbieren, entstielen, entkernen und die weißen Scheidewände entfernen. Schoten abspülen, abtropfen lassen und in Stücke schneiden. Champignons putzen, evtl. kurz abspülen und trocken tupfen. Champignons in Scheiben schneiden.

3. Tomaten kreuzweise einschneiden und mit kochendem Wasser übergießen. Nach 1–2 Minuten herausnehmen und mit kaltem Wasser abschrecken. Tomaten enthäuten, halbieren und die Stängelansätze herausschneiden. Tomaten entkernen und das Fruchtfleisch in mundgerechte Stücke schneiden.

4. Majoran oder Thymian abspülen, trocken tupfen und die Blättchen von 1 Stängel zupfen. Kräuter beiseitelegen.

5. Von dem Öl 1 Esslöffel in einem Topf erhitzen. Tofuwürfel aus der Sojasauce nehmen, evtl. etwas abtropfen lassen und in dem heißen Öl von allen Seiten bei mittlerer bis starker Hitze in etwa 5 Minuten hellbraun anbraten. Dann aus dem Topf nehmen und beiseitestellen.

6. Restliches Öl in den Topf geben, erhitzen und die Zwiebelwürfel darin andünsten. Paprikawürfel und Pilzscheiben zugeben und kurz mitdünsten.

7. Gemüsebrühe, Tomaten- oder Paprikamark mit den beiden Kräuterstängeln zugeben, alles einmal aufkochen lassen und etwa 5 Minuten bei schwacher Hitze zugedeckt kochen lassen, bis das Gemüse noch Biss hat.

8. Die beiseitegelegten Tofuwürfel mit den Tomatenstücken hinzugeben, alles erneut aufkochen lassen und weitere 5 Minuten köcheln lassen. Die Kräuterstängel aus der Suppe entfernen. Die Gulaschsuppe mit Salz, Pfeffer und Paprikapulver abschmecken, mit den beiseitegelegten Kräuterblättchen bestreuen.

Dazu passt:

Ein Klecks Sojajoghurt.

Tipps:

Den weißen Natur-Tofu durch andere Tofu-Sorten, z. B. Tofu mit Kräutern oder durch Seitan ersetzen.
In der Winterzeit die frischen Kräuter durch gerebelten Majoran oder getrockneten Thymian ersetzen.

Auch mit Kartoffeln ein Gedicht:

Für ein **Kartoffelgulasch** Tofu durch die gleiche Menge an Pellkartoffeln (vom Vortag) ersetzen. Die Kartoffeln in mundgerechte Stücke schneiden und mit den Tomatenstücken kurz in der Suppe garen.

Löffeln und Schlürfen

Dauert etwa 40 Minuten,
für 2 Personen.

Gulaschsuppe vegan

Warmes für die Winterzeit

Weißkohl-Eintopf mit Kartoffeltalern

Dauert etwa 45 Minuten, für 2 Personen.

Zutaten:

300 g mehligkochende Kartoffeln
400 g Weißkohl (geputzt etwa 300 g)
1 Stange Porree (Lauch)
1 rote Paprikaschote
3–4 EL Speiseöl, z. B. Sonnenblumenöl
Salz
gem. Pfeffer
500 ml Gemüsebrühe
½ TL Kümmelsamen
2 EL Weizenmehl (Type 1050)
2 EL Sojamehl (aus Reformhaus oder Naturkostladen)
3–4 Stängel Petersilie

Pro Portion:
E: 16 g, F: 22 g, Kh: 46 g,
kJ: 1880, kcal: 449, BE: 3,5

Zubereitung:

1. Die Kartoffeln unter fließendem Wasser abbürsten, knapp mit Wasser bedeckt, zugedeckt zum Kochen bringen und in etwa 20 Minuten gar kochen.

2. In der Zwischenzeit von dem Kohl die äußeren Blätter entfernen. Den Kohl je nach Größe halbieren, vierteln oder achteln. Kohlstücke abspülen und abtropfen lassen. Den Strunk herausschneiden, Kohl in feine Streifen schneiden.

3. Porree putzen, die Stange längs halbieren, gründlich waschen und abtropfen lassen. Porree in etwa 2 cm breite Stücke schneiden oder aufblättern und in dreieckige Stücke schneiden. Paprikaschote halbieren, entstielen, entkernen und die weißen Scheidewände entfernen. Schotenhälften abspülen, abtropfen lassen und in mundgerechte Stücke schneiden.

4. Von dem Öl 1 Esslöffel in einem Topf erhitzen. Porree- und Paprikastücke darin unter gelegentlichem Rühren in etwa 5 Minuten bei mittlerer Hitze anbraten, mit Salz und Pfeffer würzen. Porree- und Paprikastücke aus dem Topf nehmen.

5. Einen weiteren Esslöffel Öl in den Topf geben. Die Kohlstreifen darin bei mittlerer Hitze etwa 5 Minuten dünsten. Gemüsebrühe hinzugießen, mit Pfeffer und Kümmel würzen, alles aufkochen lassen und zugedeckt bei schwacher Hitze zunächst 10 Minuten köcheln lassen.

6. Inzwischen die garen Kartoffeln abgießen, mit kaltem Wasser abschrecken, abtropfen lassen und sofort pellen. Pellkartoffeln kurz abdampfen lassen, dann mit dem Kartoffelstampfer zerstampfen oder mit einer Gabel zermusen.

7. Nach den 10 Minuten Garzeit Porree- und Paprikastücke unter den Kohl-Eintopf rühren. Die Zutaten einmal kurz aufkochen lassen, dann in etwa 5 Minuten fertig garen.

8. Die Kartoffelmasse inzwischen mit den beiden Mehlsorten und ½ Teelöffel Salz verkneten. Aus dem Kartoffelteig 14 Taler (Ø 3–4 cm) formen. Restliches Öl in einer großen Pfanne erhitzen. Die Taler darin von beiden Seiten bei mittlerer bis starker Hitze in 5–6 Minuten hellbraun anbraten.

9. Petersilie abspülen, trocken tupfen und die Blättchen von den Stängeln zupfen. Blättchen fein hacken. Gehackte Petersilie unter den Eintopf rühren. Den Eintopf mit den Gewürzen abschmecken. Kartoffeltaler nach Belieben 1–2 Minuten im Eintopf erwärmen.

Tipp zum Braten:

Bei der Verwendung von Soja-Vollfett-Mehl das Bratfett für die Kartoffeltaler zwischendurch einmal wechseln, da die Taler etwas bröseln.

Auf Vorrat kochen:

Die meisten Eintöpfe schmecken noch mal so gut, wenn sie am nächsten Tag aufgewärmt auf den Tisch kommen. Deshalb am besten gleich die doppelte Menge zubereiten. Wichtig: Zum Abkühlen den Topf immer etwas geöffnet stehen lassen, sonst wird der Eintopf sauer! Von den Kartoffeltalern nur die Hälfte mit in den Eintopf geben. Die restlichen Taler bis zum nächsten Tag abgedeckt kühl stellen. Am nächsten Tag die Kartoffeltaler zufügen und im Eintopf erwärmen. Werden die Kartoffeltaler zweimal mit erwärmt, können sie leicht auseinanderfallen.

Zutaten:

50 g rote Linsen
Wasser
½ Gemüsezwiebel (etwa 125 g)
1–2 Knoblauchzehen
1 Salatgurke
2 gelbe Paprikaschoten
etwa 10 Stängel Thymian
400 ml Kokosmilch (aus der Dose)
1 ½–2 EL Weißweinessig
1 EL Zitronensaft
Salz
gem. Pfeffer

Außerdem:
2–3 Eiswürfel

Pro Portion:
E: 13 g, F: 35 g, Kh: 31 g,
kJ: 2077, kcal: 501, BE: 2,0

Dazu passen:

Vollkornbrötchen oder -brot.

Für Gäste:

Für mehrere Portionen die Suppenzutaten einfach verdoppeln. Dabei jedoch die Kühlzeit um 1–2 Stunden verlängern, damit die Suppe auch ordentlich durchkühlen kann.

Lust auf Veränderung?

Zur Kokosmilch-Gazpacho passen auch andere Einlagen wie Tomaten (abgespült und klein gewürfelt), Möhren (geschält und in Würfel geschnitten), grüne oder schwarze Oliven (ohne Stein, in Ringe geschnitten), Frühlingszwiebeln (geputzt und in Scheiben geschnitten), Amaranth-Pops (aus Reformhaus oder Naturkostladen) usw.
Für eine Party die Suppeneinlagen getrennt in kleinen Schälchen servieren, dann kann jeder Gast selbst seine Suppeneinlage auswählen.

Kalt & köstlich

Kokosmilch-Gazpacho

Dauert etwa 30 Minuten, ohne Kühlzeit, für 2 Personen.

Zubereitung:

1. Die Linsen nach Packungsanleitung in reichlich Wasser bissfest garen. Anschließend in ein Sieb abgießen und mit kaltem Wasser abschrecken. Linsen abtropfen und abkühlen lassen.

2. Inzwischen Gemüsezwiebel und Knoblauch abziehen, beides grob würfeln. Salatgurke abspülen, abtrocknen und nach Belieben schälen, Gurkenenden abschneiden. Gurke längs halbieren und mit einem Teelöffel entkernen. Eine Gurkenhälfte in große Stücke schneiden. Die andere Hälfte fein würfeln und als Suppeneinlage beiseitestellen.

3. Paprikaschoten halbieren, entstielen, entkernen und die weißen Scheidewände entfernen. Schoten abspülen und abtropfen lassen. Zwei Paprikahälften in große Stücke schneiden. Die anderen beiden Hälften fein würfeln und ebenso als Suppeneinlage beiseitestellen.

4. Die Hälfte des Thymians abspülen, trocken tupfen und die Blättchen von den Stängeln zupfen. Restlichen Thymian zum Garnieren beiseitelegen.

5. Gemüsezwiebel-, Knoblauch-, Gurken- und Paprikastücke in eine Rührschüssel geben. Kokosmilch, 1 ½ Esslöffel Essig, Zitronensaft, 1 Prise Salz und abgezupften Thymian hinzufügen. Die Zutaten mit dem Pürierstab fein pürieren, mit Pfeffer und evtl. etwas Salz abschmecken. Die Kokosmilchsuppe zugedeckt mindestens 60 Minuten in den Kühlschrank stellen.

6. Vor dem Servieren den beiseitegelegten Thymian abspülen, trocken tupfen und die Blättchen abzupfen. Gazpacho gut umrühren, nochmals mit Salz, Pfeffer und evtl. etwas Essig abschmecken. Die Eiswürfel in die Suppe geben. Die beiseitegelegten gegarten Linsen, Gurken- und Paprikawürfelchen unter die Suppe rühren oder getrennt dazureichen. Die Thymianblättchen in die Suppe rühren.

Apfel-Möhren-Salat mit Sirup-Sesam-Dressing

Für besten Geschmack: Gut ziehen lassen!

1. Die Zitrone heiß abwaschen, abtrocknen und die Schale fein abreiben. Von der Zitronenschale etwa ½ Teelöffel abmessen. Zitrone halbieren. Von einer Zitronenhälfte und der Orangenhälfte jeweils den Saft auspressen.

2. Zitronen- und Orangensaft in eine Schüssel geben. Abgemessene Zitronenschale, Sirup und Zimt hinzufügen, mit einem Schneebesen gut verrühren. Sesam- oder Rapsöl unterschlagen.

3. Den Apfel heiß abwaschen, abtrocknen, vierteln, entkernen und mit der Schale in dünne Spalten schneiden. Apfelspalten in dünne Streifen schneiden und zu dem Dressing in die Schüssel geben.

4. Möhren putzen, schälen, abspülen, abtropfen lassen, ebenso in dünne Streifen schneiden, zu den Apfelstreifen geben und gut untermischen.

5. Den Salat in eine Salatschüssel geben. Krokant-Riegel zerbröseln und kurz vor dem Servieren auf den Salat streuen.

Keine Lust auf Feinarbeit?

Noch schneller geht es, wenn Apfel und Möhren nicht in filigrane Stifte, sondern einfach nur in dünne Spalten bzw. Scheiben geschnitten werden.

Austauschpotenzial:

Statt Ahornsirup bringen auch Frucht-Dicksäfte wie Apfel- oder Agavendicksaft die gewünschte Süße.

Dauert etwa 20 Minuten,
für 2 Personen.

Zutaten:

1 Bio-Zitrone (unbehandelt, ungewachst)
½ Orange
1–1 ½ TL Ahornsirup
1 Prise gem. Zimt
1 EL Sesamöl oder geschmacks-
neutraleres Speiseöl, z. B. Rapsöl
1 rotschaliger Apfel
½ Bund Möhren (etwa 250 g)
1 Sesam-Krokant-Riegel (25 g,
Fertigprodukt aus Reformhaus,
Naturkostladen oder Drogerie-Markt)

Pro Portion:
E: 3 g, F: 9 g, Kh: 29 g,
kJ: 875, kcal: 209, BE: 2,5

Zutaten:

1 Aubergine (400 g)
Salz
1 Zwiebel
1 Knoblauchzehe
3–4 Frühlingszwiebeln (etwa 100 g)
4 kleine Tomaten (etwa 200 g)
40 g abgetropfte schwarze Oliven, ohne Stein
8 EL Olivenöl
1 EL Weißweinessig
gem. Pfeffer

Pro Portion:
E: 4 g, F: 40 g, Kh: 13 g,
kJ: 1799, kcal: 430, BE: 0,5

Dauert etwa 40 Minuten,
für 2 Personen.

Griechischer Auberginensalat

Sommergenuss vom Olymp

Zubereitung:

1. Die Aubergine abspülen, abtrocknen und die Enden abschneiden. Aubergine quer in ½–1 cm dicke Scheiben schneiden, mit Salz bestreuen und etwa 15 Minuten stehen lassen.

2. In der Zwischenzeit Zwiebel und Knoblauch abziehen, beides fein würfeln. Frühlingszwiebeln putzen, abspülen, abtropfen lassen und in feine Scheiben schneiden. Tomaten abspülen, abtrocknen, halbieren und die Stängelansätze herausschneiden. Tomaten in kleine Würfel schneiden. Die Oliven in Stücke schneiden.

3. Die Zwiebel-, Knoblauchwürfel, Frühlingszwiebelscheiben, Tomatenwürfel und Oliven in einer Schüssel vermischen.

4. Etwa 2 Esslöffel von dem Olivenöl mit dem Essig sowie mit Salz und Pfeffer gut verrühren. Die Marinade über die Salatzutaten gießen und gut vermischen. Den Salat durchziehen lassen.

5. Inzwischen 3 Esslöffel Öl in einer großen Pfanne erhitzen. Die Hälfte der Auberginenscheiben mit Küchenpapier trocken tupfen und in dem Öl von jeder Seite in 3–4 Minuten bei mittlerer bis starker Hitze goldbraun anbraten. Anschließend auf Küchenpapier abtropfen lassen. Das restliche Öl erhitzen und die restlichen Auberginenscheiben ebenso anbraten.

6. Den Salat mit den Gewürzen erneut abschmecken. Die Auberginenscheiben leicht überlappend auf 2 Tellern anrichten. Den Salat daraufgeben.

Dazu passt:

Fladenbrot.

Tipp:

Auberginen saugen – trotz des Salzens – relativ viel Öl auf. Das Abtropfen auf Küchenpapier verhindert, dass man unnötiges Fett zu sich nimmt.

Ziehen lassen lohnt sich:

Noch intensiver schmeckt der Salat, wenn Sie die Zutaten etwa eine halbe Stunde durchziehen lassen, bevor Sie die Auberginen braten.

Wie's gefällt:

Der Auberginensalat schmeckt lauwarm oder kalt.

Glasnudel-Rohkost
Asia-Style

Dauert etwa 20 Minuten,
für 1 Person.

Zutaten:

1 EL Sesamsamen, ungeschält
10 g frischer Ingwer
Saft von ½ rosa oder weißen Grapefruit (50 ml)
1 EL dunkles Sesamöl
gem. Meersalz
75 g Mangofruchtfleisch
½ rote Paprikaschote (etwa 100 g)
1 Möhre (etwa 100 g)
50 g Glasnudeln
etwas Koriandergrün, Minze oder Zitronenmelisse

Insgesamt:
E: 6 g, F: 19 g, Kh: 66 g,
kJ: 1947, kcal: 463, BE: 5,0

Zubereitung:

1. Den Sesam in einer Pfanne ohne Fett unter Wenden goldbraun rösten, herausnehmen und auf einen Teller geben. Den Ingwer schälen und in sehr kleine Würfel schneiden.

2. Grapefruitsaft mit Ingwerwürfeln in einer Schüssel verrühren. Das Sesamöl unterschlagen, mit Meersalz würzen.

3. Das abgewogene Mangofruchtfleisch in feine Streifen schneiden. Paprikaschotenhälfte entstielen, entkernen und die weißen Scheidewände entfernen. Schotenhälfte abspülen, abtropfen lassen und in feine Streifen schneiden.

4. Möhre putzen, schälen, abspülen, abtropfen lassen und in feine Streifen hobeln oder raspeln. Mango-, Paprika- und Möhrenstreifen oder -raspel zu der Sauce in die Schüssel geben und untermischen.

5. Glasnudeln in einer Schüssel mit reichlich kochendem Wasser übergießen und in 4–5 Minuten weich werden lassen. Glasnudeln in ein Sieb geben, mit kaltem Wasser abspülen, abtropfen lassen und mit der Küchenschere kürzer schneiden.

6. Die Glasnudeln unter den Salat mischen. Koriandergrün, Minze oder Melisse abspülen und trocken tupfen. Die Blättchen von den Stängeln zupfen. Blättchen in Streifen schneiden. Glasnudel-Rohkost mit dem gerösteten Sesam und den Kräuterstreifen bestreuen.

Zutaten:

125 g Couscous
Gemüsebrühe

100 g rote Linsen
Wasser
1 kleine Zwiebel
evtl. 1 Knoblauchzehe
1 gelbe Paprikaschote
½ Salatgurke (etwa 175 g)
3 Tomaten oder
1 Fleischtomate

Für die Salatsauce:
Saft von ½ Zitrone
1–1 ½ EL Olivenöl
Salz
gem. Pfeffer
1 kleine Msp. Chilipulver
Voll-Rohrzucker
1 kleines Bund Petersilie

Pro Portion:
E: 23 g, F: 10 g, Kh: 81 g,
kJ: 2177, kcal: 514, BE: 6,5

Couscous-Linsen-Salat

Immer wieder gern

Dauert etwa 30 Minuten, ohne Durchziehzeit, für 2 Personen.

Zubereitung:

1. Couscous nach Packungsanleitung mit der Gemüsebrühe (die auf der Packung angegebene Flüssigkeitsmenge verwenden) zubereiten. Couscous erkalten lassen.

2. In der Zwischenzeit die Linsen nach Belieben in einem Sieb kalt abspülen. Die Linsen nach Packungsanleitung in reichlich Wasser in 10–15 Minuten bissfest garen. Die garen Linsen in ein Sieb abgießen und mit kaltem Wasser abschrecken. Anschließend Linsen abtropfen, abkühlen lassen und beiseitestellen.

3. Inzwischen Zwiebel und nach Belieben Knoblauch abziehen, beides fein würfeln. Paprikaschote halbieren, entstielen, entkernen und die weißen Scheidewände entfernen. Schote abspülen, abtropfen lassen und in kleine Würfel schneiden. Salatgurke abspülen, abtrocknen und das Ende abschneiden. Gurke längs halbieren. Die Kerne mit einem Teelöffel herausschaben. Das Fruchtfleisch in schmale Streifen schneiden.

4. Tomaten kreuzweise einschneiden und mit kochendem Wasser übergießen. Nach 1–2 Minuten herausnehmen und mit kaltem Wasser abschrecken. Tomaten enthäuten, halbieren und die Stängelansätze herausschneiden. Tomaten entkernen und das Tomatenfruchtfleisch in mundgerechte Stücke schneiden.

5. Den Couscous in eine Salatschüssel geben und mit 2 Gabeln etwas auflockern. Zwiebel-, Knoblauch- und Paprikawürfel sowie Gurkenstreifen und Tomatenstücke unter den Couscous heben.

6. Für die Sauce Zitronensaft mit Öl verschlagen, mit Salz, Pfeffer, Chilipulver und 1 Prise Zucker würzen. Die Sauce zu dem Salat geben. Die Salatzutaten vermengen. Zuletzt die Linsen vorsichtig unterrühren. Den Couscous-Linsen-Salat gut durchziehen lassen.

7. Vor dem Servieren Petersilie abspülen, trocken tupfen und die Blättchen von den Stängeln zupfen. Blättchen fein hacken und unter den Salat geben. Den Salat nochmals abschmecken und servieren.

Geschmack-Tipps:

Der Salat schmeckt am besten, wenn er etwa 2 Stunden abgedeckt bei Zimmertemperatur durchziehen kann. Steht er im Kühlschrank, dann etwa eine halbe Stunde vor Ende der Durchziehzeit herausnehmen.

Schnelle Linse:

Im Gegensatz zu anderen Hülsenfrüchten sind rote Linsen im Nu gegart. Wichtig: Nicht zu lange kochen, sie zerfallen leicht!

Oder so:

Dem Couscous-Linsen-Salat lassen sich mit verschiedenen Kräutern, wie zum Beispiel Kerbel, Minze oder Schnittlauch, vielfältige Geschmacksnuancen entlocken. Angenehm scharf wird er mit zusätzlichen Frühlingszwiebelscheiben (von 2–3 geputzten Frühlingszwiebeln), die einfach untergemischt werden.

Zutaten:

150 g Grünkern, ganz

Für die Sauce:
200 ml Orangensaft
2 EL süßer Senf
2 ½–3 EL Rotweinessig
Salz
gem. Pfeffer
5 EL Traubenkernöl
½ Bund Schnittlauch

75 g Römersalat
30 g Walnusskerne
2 Möhren (etwa 200 g)
1 kleiner Knollensellerie (etwa 200 g)
1 kleiner Apfel (etwa 150 g)

Pro Portion:
E: 16 g, F: 39 g, Kh: 73 g,
kJ: 2992, kcal: 714, BE: 6,0

Zubereitung:

1. Am Vortag den Grünkern in eine Schüssel geben und mit kaltem Wasser übergießen, sodass der Grünkern ganz bedeckt ist. Grünkern über Nacht einweichen.

2. Am nächsten Tag den Grünkern abgießen und in einen kleinen Topf geben. So viel Wasser hinzugießen, dass der Grünkern ganz bedeckt ist. Grünkern zum Kochen bringen und etwa 30 Minuten bei schwacher Hitze kochen lassen.

3. Den Topf von der Kochstelle nehmen. Grünkern in dem Kochwasser erkalten lassen. Anschließend in einem Sieb abtropfen lassen.

4. Für die Sauce inzwischen Orangensaft, Senf und Essig verrühren, mit Salz und Pfeffer würzen. Das Traubenkernöl unterschlagen. Schnittlauch abspülen, trocken tupfen und in Röllchen schneiden. Schnittlauchröllchen unter die Sauce rühren.

5. Römersalat putzen, abspülen, trocken tupfen und in etwa 1 cm breite Streifen schneiden. Walnusskerne grob hacken. Möhren und Sellerie putzen, schälen, abspülen und abtropfen lassen. Apfel abspülen, abtrocknen, schälen, halbieren und entkernen. Möhren, Sellerie und Apfelhälften getrennt auf einer Haushaltsreibe grob raspeln.

6. Grünkern, Möhren-, Sellerie-, Apfelraspel und Walnusskerne abwechselnd in 2 Trink- oder Schraubgläser schichten, dabei jede Schicht mit etwas von der Sauce beträufeln, dabei noch etwas von der Sauce für die Salatstreifen zurücklassen und beiseitestellen. Den Salat mindestens 15 Minuten gut durchziehen lassen.

7. Zum Servieren den eingeschichteten Salat mit den Salatstreifen belegen und mit der restlichen beiseitegestellten Sauce beträufeln.

Genuss in Schichten

Grünkern-Trifle-Salat

Dauert etwa 30 Minuten, ohne nächtliche Einweich- sowie ohne Abkühl- und Durchziehzeit.
Garzeit: etwa 30 Minuten, für 2 Personen.

Transportgeeignet:
Den Grünkern-Trifle-Salat zum Mitnehmen in Schraubgläser schichten. Diese mit den Deckeln verschließen. Den Salat kurz vor dem Verzehr kräftig durchschütteln.

Schmeckt auch mit Dinkel:
Grünkern lässt sich durch die gleiche Menge Dinkel austauschen (Packungsanleitung beachten). Bei wenig Zeit oder Lust einfach auf vorgegarten Dinkel zurückgreifen.

Hauptgericht oder Beilage:
Die Salatmenge ist zum Sattessen als Hauptgericht gedacht. Als Beilage reicht die Menge für 4 Personen.

Pflanzlicher Senf:
Beim Senfkauf immer auf die Zutatenliste achten, denn einige Hersteller verwenden Milch. Alternativ lässt sich Senf aber auch schnell selbst anrühren: Einfach ½ Teelöffel gemahlene Senfsaat (gibt es im Reformhaus oder Naturkostladen) mit Orangensaft und Essig verrühren und je nach Geschmack noch mit 1 Prise Zucker abschmecken.

Kartoffelsalat mit Kresse

Der geht immer

Dauert etwa 20 Minuten,
ohne Abkühl- und Durchziehzeit.
Garzeit: 20–25 Minuten,
für 2 Personen.

Zutaten:

600 g festkochende Kartoffeln
1 große Möhre (etwa 150 g)

Für die Sauce:
200 ml Gemüsebrühe
1 ½ EL weißer Balsamico-Essig
Salz
gem. Pfeffer
2 EL Olivenöl

250 g Champignons
2 EL Olivenöl
1 Kästchen rote Daikonkresse

Pro Portion:
E: 11 g, F: 21 g, Kh: 50 g,
kJ: 1813, kcal: 432, BE: 4,0

Zubereitung:

1. Die Kartoffeln unter fließendem Wasser abbürsten, knapp mit Wasser bedeckt, zugedeckt zum Kochen bringen und in etwa 20 Minuten gar kochen. Kartoffeln abgießen, mit kaltem Wasser abschrecken, abtropfen lassen. Kartoffeln noch warm pellen, in Scheiben schneiden und in eine Schüssel geben.

2. Möhre putzen, schälen, abspülen und abtropfen lassen. Anschließend auf der Haushaltsreibe fein raspeln.

3. Für die Sauce Brühe mit Essig, Salz und Pfeffer verrühren, das Olivenöl unterschlagen. Möhrenstreifen und Sauce zu den Kartoffelscheiben geben, vorsichtig untermischen. Den Salat etwa 30 Minuten durchziehen lassen.

4. In der Zwischenzeit die Champignons putzen, evtl. kurz abspülen und trocken tupfen. Pilze in Scheiben schneiden. Olivenöl in einer Pfanne erhitzen. Die Champignonscheiben hinzufügen und unter gelegentlichem Rühren in 3–4 Minuten hellbraun braten, mit Pfeffer würzen. Champignons abkühlen lassen und unter den Kartoffelsalat heben.

5. Kresse abspülen und trocken tupfen. Die Blättchen von den Stängeln schneiden. Den Salat mit Salz und Pfeffer würzen. Die Kresseblättchen unterheben.

Warenkunde:

Die rote Daikonkresse erinnert im Geschmack an Kreuzkümmel (Cumin). Sie kann durch einfache Kresse ersetzt werden.

Hauptgericht oder Beilage:

Der Kartoffelsalat ist zum Sattessen als Hauptgericht gedacht. Soll er nur eine Beilage sein, reichen 400 g Kartoffeln und 1 kleine Möhre (etwa 100 g) aus. Die restlichen Zutatenmengen müssen jedoch nicht verändert werden und bleiben gleich.

Dauert etwa 75 Minuten, ohne Ruhezeit, für 2 Personen.

Spinatnudeln mit Auberginen-Tomaten-Ragout

Bella Italia

Zubereitung:

1. Für die Spinatnudeln Spinat nach Packungsanleitung mit Wasser zubereiten. Anschließend Spinat in ein Sieb abgießen, mit kaltem Wasser abspülen und gut ausdrücken. Spinat fein hacken.

2. Mehl mit Grieß und ¼ Teelöffel Salz in einer Rührschüssel mischen. Gehackten Spinat zugeben und alles mit den Händen zu einem geschmeidigen Teig verkneten. Den Teig in 2 gleich große Portionen teilen.

3. Jede Teigportion auf einer leicht bemehlten Arbeitsfläche zu je einer Rolle (etwa 15 cm Länge) formen. Die Teigrollen in Frischhaltefolie wickeln und etwa 60 Minuten bei Zimmertemperatur ruhen lassen.

4. In der Zwischenzeit für das Ragout Aubergine abspülen, abtrocknen, die Enden abschneiden. Aubergine quer in ½–1 cm dicke Scheiben schneiden, mit Salz bestreuen und etwa 20 Minuten stehen lassen.

5. Inzwischen Zwiebel abziehen, zuerst in feine Scheiben schneiden, dann in Ringe teilen. Knoblauch ebenso abziehen und fein hacken. Tomaten abspülen, in Spalten schneiden und dabei die Stängelansätze entfernen.

6. Die Teigrollen in etwa ½ cm dünne Scheiben schneiden. Jede Scheibe zu einem haselnussgroßen Kügelchen formen. Teigkügelchen in die Handinnenfläche legen und mit dem Daumen so flachdrücken, dass muschelähnliche Nudeln entstehen. Die Muschelnudeln auf einem Teller beiseitelegen.

7. Wasser in einem großen Topf zugedeckt zum Kochen bringen. Dann Salz und Muschelnudeln zugeben. Die Nudeln im geöffneten Topf bei mittlerer Hitze in etwa 15 Minuten gar ziehen lassen, dabei gelegentlich umrühren. Anschließend die Nudeln in ein Sieb geben, mit heißem Wasser abspülen und abtropfen lassen.

8. In der Zwischenzeit 4–5 Esslöffel von dem Öl in einer großen Pfanne erhitzen. Die Auberginenscheiben mit Küchenpapier trocken tupfen und in dem Öl bei mittlerer bis starker Hitze von jeder Seite 4–5 Minuten goldbraun anbraten. Anschließend auf Küchenpapier abtropfen lassen.

9. Die Zwiebelringe und den gehackten Knoblauch in dem restlichen Öl anbraten. Tomatenspalten dazugeben, mit Salz und Pfeffer würzen. Das Ragout zugedeckt etwa 5 Minuten bei schwacher Hitze dünsten. Auberginen zufügen und kurz darin erwärmen. Das Auberginen-Tomaten-Ragout mit den abgetropften Spinatnudeln anrichten.

Gut vorzubereiten:

Die Nudelteigrollen können auch am Vortag zubereitet werden und über Nacht im Kühlschrank ruhen. Wichtig: Die Rollen gut in Folie einschlagen, damit der Teig nicht austrocknet. Die Teigrollen etwa 60 Minuten vor dem Garen aus dem Kühlschrank nehmen. – Sollte der Teig zu trocken sein, die Teigkügelchen mit feuchten Händen formen. Dafür eine Schüssel mit Wasser zum Anfeuchten daneben stellen.

Für den Frischekick ...

... die Nudeln mit 250–300 g frischem Spinat zubereiten. Dafür den Spinat putzen, abspülen und gut abtropfen lassen. Dann in reichlich Salzwasser zum Kochen bringen und den Spinat darin kurz zusammenfallen lassen. Spinat in ein Sieb abgießen, mit kaltem Wasser abspülen und gut ausdrücken. 200 g abwiegen, fein hacken und wie im Rezept beschrieben weiter verarbeiten.

Zutaten:

Für die Spinatnudeln:
200 g TK-Blattspinat
Wasser
50 g Weizenmehl (Type 1050)
50 g Hartweizengrieß
Salz

Für das Auberginen-Tomaten-Ragout:
1 kleine Aubergine
(etwa 300 g)
1 Zwiebel
1 Knoblauchzehe
300 g Tomaten
Wasser
5–6 EL Olivenöl
gem. Pfeffer

Pro Portion:
E: 13 g, F: 17 g, Kh: 50 g,
kJ: 1708, kcal: 407, BE: 3,5

Zubereitung:

1. Kürbis abspülen, abtropfen lassen, halbieren und in Spalten schneiden. Kerne und Innenfasern entfernen. Die Kürbisspalten mit der Schale quer in dünne Scheiben schneiden.

2. Porree putzen, die Stange längs halbieren, gründlich waschen und abtropfen lassen. Porree quer in etwa ½ cm breite Streifen schneiden. Knoblauch abziehen und in dünne Scheiben schneiden.

3. Kürbiskerne in einer Pfanne ohne Fett unter Rühren goldbraun rösten, herausnehmen und auf einen Teller geben. Oliven quer dritteln, sodass Ringe entstehen.

4. Das Wasser in einem großen Topf zugedeckt zum Kochen bringen. Dann Salz und Nudeln hinzugeben. Die Nudeln im geöffneten Topf bei mittlerer Hitze nach Packungsanleitung kochen lassen, dabei gelegentlich umrühren.

5. In der Zwischenzeit Speiseöl in einem Topf erhitzen. Porreestreifen und Knoblauchscheiben darin andünsten. Brühe und Kürbisscheiben hinzugeben, zum Kochen bringen und zugedeckt etwa 8 Minuten bei mittlerer Hitze dünsten.

6. Anschließend die Nudeln in ein Sieb geben, mit heißem Wasser abspülen und abtropfen lassen.

7. Olivenringe unter die Kürbissauce rühren und alles einmal aufkochen. Die Sauce mit Salz, Pfeffer, Cayennepfeffer, Koriander und Zitronensaft abschmecken.

8. Die Nudeln mit der Sauce anrichten, mit Kürbiskernen bestreuen und mit Kürbiskernöl beträufeln.

Tipp:

Anctollo von Kürbiskernöl kann auch Nussöl verwendet werden. Wer mag, streut außerdem einige fein geschnittene Basilikumblättchen auf die Nudeln.

Idee für den Kürbis-Rest:

Aus der anderen Kürbishälfte lässt sich unkompliziert eine **Kürbissuppe mit Orangensaft und Ingwer** (auch für 2 Personen) kochen: Je 1 Zwiebel und Knoblauchzehe abziehen, beides fein würfeln. Etwa 325 g geputzte Kürbisspalten (von dem ½ Hokkaido-Kürbis) in Stücke schneiden. Zwiebel- und Knoblauchwürfel in etwa 1 ½ Esslöffeln Sonnenblumenöl andünsten. Kürbisstücke zufügen und kurz mitdünsten. 400 ml Gemüsebrühe zugießen und alles einmal aufkochen lassen. Zugedeckt bei schwacher Hitze 15–20 Minuten garen, bis der Kürbis weich ist. Kürbis in der Brühe pürieren, mit 3–4 Esslöffeln frisch gepresstem Orangensaft, etwas Salz, Pfeffer und ½ Teelöffel gemahlenem Ingwer abschmecken. Die Suppe mit 1–2 Esslöffeln gerösteten Kürbiskernen bestreuen.

Zutaten:

½ Hokkaido-Kürbis
(etwa 375 g)
1 kleine Stange Porree (Lauch, etwa 125 g)
1–2 Knoblauchzehen
15 g Kürbiskerne
40 g abgetropfte schwarze Oliven, ohne Stein

2 l Wasser
2 gestr. TL Salz
200 g Vollkornnudeln (ohne Ei), z. B. Dinkel-Penne

1 EL Speiseöl
125 ml Gemüsebrühe
Salz
gem. Pfeffer
Cayennepfeffer
gem. Koriander
etwa 1 TL Zitronensaft
1–1 ½ EL Kürbiskernöl

Pro Portion:
E: 19 g, F: 24 g, Kh: 76 g,
kJ: 2514, kcal: 596, BE: 6,0

Dauert etwa 40 Minuten.
Garzeit: Sauce etwa 8 Minuten, für 2 Personen.

Vollkorn-Nudeln mit Kürbis-Oliven-Sauce

Pasta der Extraklasse

Mexikanisch inspiriert

Tortillas mit Bohnen-Gemüse

Dauert etwa 20 Minuten, für 2 Personen.

Zutaten:

1 Zwiebel
3 Frühlingszwiebeln (etwa 100 g)
250 g abgetropfte weiße Bohnen (aus der Dose, z. B. Cannellini-Bohnen)
2–2 ½ EL Olivenöl
400 g Tomatenstücke (aus der Dose)
Salz
Chillipulver
gem. Pfeffer
2 Weizen-Tortilla-Fladen

Pro Portion:
E: 22 g, F: 17 g, Kh: 49 g,
kJ: 1824, kcal: 436, BE: 4,0

Zubereitung:

1. Zwiebel abziehen, halbieren und in kleine Würfel schneiden. Frühlingszwiebeln putzen, abspülen, abtropfen lassen und in feine Scheiben schneiden. Nach Belieben etwa ½ Esslöffel Frühlingszwiebelscheiben zum Garnieren beiseitelegen. Die Bohnen evtl. in einem Sieb mit kaltem Wasser abspülen und abtropfen lassen.

2. Von dem Olivenöl 1 Esslöffel in einem kleinen, hohen Topf erhitzen. Die Zwiebelwürfel darin andünsten. Frühlingszwiebelscheiben dazugeben und unter Rühren kurz mitdünsten.

3. Bohnen, Tomaten, Salz und etwas Chilipulver dazugeben. Das Bohnen-Gemüse aufkochen lassen und zugedeckt bei schwacher Hitze etwa 5 Minuten köcheln lassen, bis es etwas eingekocht ist. Das Bohnen-Gemüse mit Salz, Pfeffer und Chili abschmecken und warm halten.

4. Eine große Pfanne mit dem restlichen Öl portionsweise ausstreichen. Die Tortillas darin von beiden Seiten in 1–2 Minuten erwärmen. Tortillas auf Teller gleiten lassen, je zur Hälfte mit dem Bohnen-Gemüse belegen, die andere Hälfte darüberklappen, mit den beiseitegelegten Frühlingszwiebeln garnieren und sofort servieren.

Noch Petersilie da?

Dann statt der Frühlingszwiebeln einfach 1 großes Bund Petersilie nehmen. Petersilie abspülen, trocken tupfen und die abgezupften Blätter hacken. Die Petersilie 2–3 Minuten vor Garzeitende zum Bohnen-Gemüse geben und mitgaren. Oder die Petersilie als Deko nehmen, das Auge isst ja bekanntlich mit.

Warenkunde:

Weizen-Tortilla-Fladen findet man sowohl in gut sortierten Lebensmittelgeschäften, als auch im Reformhaus oder Naturkostladen. Abgepackte Weizen-Tortilla-Fladen enthalten verschiedene Zusatzstoffe, die pflanzlichen Ursprungs sind.

Zubereitung:

1. Die Kichererbsen in einem Sieb unter kaltem Wasser abspülen und abtropfen lassen. Aprikosen in kleine Stücke schneiden. Zwiebel abziehen, halbieren und in etwa ½ cm breite Streifen schneiden. Den Spinat putzen, gründlich waschen und gut abtropfen lassen oder trocken schleudern. Tomaten abspülen, abtropfen lassen und halbieren. Evtl. Stängelansätze herausschneiden.

2. Speiseöl in einem Topf erhitzen. Zwiebelstreifen darin unter Rühren weich dünsten. Die Zwiebeln mit Currypulver, Sambal Oelek und Zucker würzen. Kichererbsen, Aprikosenstücke, Tomatenhälften und Spinat untermischen. Die Brühe hinzugießen, mit Salz würzen.

3. Die Zutaten zum Kochen bringen und 2–3 Minuten kochen lassen. Speisestärke mit etwas Wasser anrühren, unter das Gemüse rühren und kurz aufkochen lassen.

4. Die Minzeblättchen abspülen, trocken tupfen und grob zerschneiden. Minze und Limettensaft unter das Kichererbsen-Gemüse mischen.

Dazu passt:

Natürlich Reis.

Zutaten:

240 g abgetropfte Kichererbsen (aus der Dose)
5 getrocknete Aprikosen
1 rote Zwiebel
100 g Baby-Spinat
12 Cocktailtomaten
2 EL Speiseöl
1 EL mildes Currypulver
1 EL Sambal Oelek
2 EL brauner Zucker
250 ml Gemüsebrühe
Salz
1 TL Speisestärke
Wasser
5–6 Minzeblättchen
1 EL Limettensaft

Pro Portion:
E: 14 g, F: 14 g, Kh: 60 g,
kJ: 1826, kcal: 436, BE: 4,5

Kichererbsen-Sambal mit Minze

So richtig viel Aroma

Dauert etwa 40 Minuten,
für 2 Personen.

Kürbisgulasch mit Polentaschnitten

Dauert etwa 35 Minuten, ohne nächtliche Kühlzeit, für 2 Personen.

Sonne auf dem Teller

Zubereitung:

1. Für die Polentaschnitten am Vortag Polenta nach Packungsanleitung zubereiten. Dafür Wasser mit Salz in einem kleinen, hohen Topf zugedeckt zum Kochen bringen. ½ Esslöffel Öl mit der Polenta einrühren. Alles einmal aufkochen lassen, dann bei schwacher Hitze zugedeckt etwa 2 Minuten köcheln lassen. Den Topf vom Herd nehmen und die Polenta etwa 5 Minuten beiseitestellen.

2. In der Zwischenzeit Majoran abspülen, trocken tupfen und die Blättchen von den Stängeln zupfen. Eine rechteckige Form oder Aufschnittplatte (etwa 3–5 cm hoch, mindestens 400 ml Fassungsvermögen) kalt ausspülen.

3. Die Majoranblättchen unter die gegarte Polenta rühren und alles evtl. mit Salz abschmecken. Polenta in die Form füllen, glatt streichen und mit Frischhaltefolie zudecken. Polenta über Nacht erkalten lassen.

4. Am nächsten Tag für das Kürbisgulasch Zwiebel und Knoblauch abziehen, beides fein würfeln. Paprikaschote halbieren, entstielen, entkernen und die weißen Scheidewände entfernen. Schotenhälften abspülen, abtropfen lassen und in mundgerechte Stücke schneiden.

5. Kürbis vierteln, Kerne und inneres Fasernfleisch entfernen. Kürbisviertel abspülen, abtropfen lassen, erst in Spalten und dann in mundgerechte Stücke schneiden. Majoran abspülen und trocken tupfen. Von 2 Stängeln die Blättchen abzupfen und beiseitelegen.

6. Von dem Öl 1 Esslöffel in einem möglichst breiten Topf erhitzen. Zwiebel- und Knoblauchwürfel darin andünsten. Paprika- und Kürbisstücke zufügen und 1–2 Minuten mitdünsten, dabei ab und zu umrühren.

7. Gemüsebrühe zugießen, Salz und Majoranstängel zugeben. Alles aufkochen lassen und zugedeckt bei mittlerer Hitze etwa 10 Minuten garen, bis der Kürbis leicht weich ist, gelegentlich umrühren.

8. In der Zwischenzeit Frischhaltefolie von der Polenta entfernen. Polenta auf ein Brett stürzen, in längliche Stücke schneiden. Das restliche Öl in einer großen Pfanne erhitzen. Die Polentastücke darin von beiden Seiten in etwa 6 Minuten knusprig braten.

9. Die Majoranstängel aus dem Gulasch entfernen. Abgezupfte Majoranblättchen und 1 Esslöffel Essig unter das Kürbisgulasch rühren. Kürbisgulasch mit etwas Salz und Essig abschmecken. Polentaschnitten dazu servieren.

Die Zeit drängt?

Wer wenig Zeit hat, bereitet statt der Polentaschnitten schnelles **Polentapüree** zu. Dafür je 250 ml Wasser und Sojamilch mit 1 Teelöffel Salz aufkochen. 80 g Polenta einrühren und zugedeckt bei schwacher Hitze etwa 5 Minuten köcheln lassen, dabei ab und zu umrühren. Den Topf von der Kochstelle nehmen. Das Püree etwa 5 Minuten ziehen lassen. Anschließend die abgezupften Majoranblättchen unterrühren. Fertig!

Zutaten:

Für die Polentaschnitten:
- 500 ml Wasser
- ¼–½ TL Salz
- ½ EL Speiseöl, z. B. Olivenöl
- 125 g Polenta (Maisgrieß)
- 2–3 Stängel Majoran

Für das Kürbisgulasch:
- 1 Zwiebel
- 1 Knoblauchzehe
- 1 grüne Paprikaschote
- 1 mittelgroßer Hokkaido-Kürbis
- 4 Stängel Majoran
- 2 EL Speiseöl, z. B. Olivenöl
- 100 ml Gemüsebrühe
- Salz
- 1–1 ½ EL weißer Balsamico-Essig

Pro Portion:
E: 11 g, F: 14 g, Kh: 67 g, kJ: 1843, kcal: 441, BE: 5,5

Asiatisch inspiriert

Gemüsecurry mit Koriander

Dauert etwa 30 Minuten.
Für 2 Personen.

Zutaten:

1 rote Paprikaschote
100 g frische Shiitakepilze
2 Frühlingszwiebeln
100 g Zuckerschoten
1–2 Knoblauchzehen
½ rote Chilischote (etwa 20 g)
20 g frischer Ingwer
1 EL Speiseöl
200 ml Gemüsebrühe
200 ml Kokosmilch
1 Bio-Limette (unbehandelt, ungewachst)
Salz
1 TL Speisestärke
3–4 Stängel Koriander

Pro Portion:
E: 5 g, F: 23 g, Kh: 21 g,
kJ: 1280, kcal: 309, BE: 1,5

Zubereitung:

1. Die Paprikaschote halbieren, entstielen, entkernen und die weißen Scheidewände entfernen. Die Schote abspülen, abtropfen lassen und in sehr feine Streifen schneiden.

2. Pilze putzen, dabei die Stiele abschneiden. Pilze evtl. kurz abspülen, trocken tupfen und in sehr dünne Scheiben schneiden.

3. Frühlingszwiebeln putzen, abspülen und abtropfen lassen. Frühlingszwiebeln mit dem hellen Grün schräg in Scheiben schneiden.

4. Von den Zuckerschoten die Enden abschneiden, evtl. abfädeln. Zuckerschoten abspülen, abtropfen lassen und längs durchschneiden. Knoblauch abziehen und in sehr kleine Würfel schneiden.

5. Die Chilischote abspülen, trocken tupfen, entstielen und mit den Kernen in dünne Streifen schneiden. Den Ingwer schälen und fein reiben.

6. Das Speiseöl in einem Wok erhitzen. Zuerst Zuckerschotenhälften, Paprikastreifen und Pilzscheiben darin etwa 1 Minute unter Wenden stark andünsten. Dann Frühlingszwiebelscheiben, Chilistreifen, Knoblauchwürfel und Ingwer hinzugeben, kurz mitdünsten lassen. Die Brühe und Kokosmilch hinzugießen, zum Kochen bringen und etwa 2 Minuten kochen lassen.

7. Limette heiß abwaschen, abtrocknen, die Schale fein abreiben. Limette halbieren und den Saft auspressen. Limettenschale und 2 Esslöffel des Limettensaftes unter das Gemüsecurry rühren, mit Salz würzen. Speisestärke mit etwas Wasser anrühren, in das Curry rühren und unter Rühren aufkochen lassen. Koriander abspülen und trocken tupfen. Die Blättchen von den Stängeln zupfen. Die Blättchen grob zerschneiden und unter das Curry mischen.

Zubereitung:

1. Die Tomate abspülen und trocken tupfen. Tomate vierteln, entkernen und den Stängelansatz herausschneiden. Tomatenviertel nochmals quer oder längs halbieren. Paprikaschote mit einem Sparschäler grob schälen, vierteln, entkernen und die weißen Scheidewände entfernen. Schotenviertel abspülen, trocken tupfen und in Größe der Tomatenstücke schneiden.

2. Zucchini und Aubergine abspülen, trocken tupfen und die Enden bzw. den Stängelansatz abschneiden. Zucchini in etwa ½ cm dicke Scheiben schneiden. Aubergine der Länge nach vierteln und in etwa ½ cm dicke Stücke schneiden. Rosmarin abspülen und trocken tupfen. Die Nadeln von dem Stängel zupfen.

3. Die vorbereiteten Tomatenstücke in eine große Schüssel geben (sie werden nicht angebraten, sondern sollen durch das daraufgegebene, angebratene Gemüse nur etwas Hitze abbekommen).

4. Von dem Olivenöl 1 Esslöffel in einer Pfanne erhitzen. Paprikastücke darin mit einer nicht geschälten, angedrückten Knoblauchzehe etwa 1 Minute scharf anbraten. Paprikastücke mit Salz und Pfeffer würzen und anschließend mit 1 Spritzer Balsamico-Essig ablöschen. Die Paprikastücke zusammen mit der Knoblauchzehe auf den Tomatenstücken in der Schüssel verteilen.

5. Wieder 1 Esslöffel des Olivenöls in der Pfanne erhitzen. Zucchinischeiben darin mit der restlichen, nicht geschälten, angedrückten Knoblauchzehe etwa 1 Minute scharf anbraten. Zucchinischeiben mit Salz, Pfeffer und Balsamico-Essig würzen, dann mit der Knoblauchzehe herausnehmen, danach auf die Paprikastücke geben.

6. Restliches Olivenöl in der Pfanne erhitzen. Auberginenstücke darin 3–4 Minuten anbraten, mit Salz, Pfeffer und Balsamico-Essig würzen. Rosmarinnadeln unterrühren. Die Auberginenstücke auf die Zucchinischeiben geben. Das angebratene, geschichtete Gemüse vermischen, mit Salz, Pfeffer und Balsamico-Essig abschmecken.

Warm oder kalt?

Ratatouille muss nicht heiß gegessen werden, sondern schmeckt lauwarm oder kalt ebenfalls sehr lecker. Zusätzlich ein paar Basilikumblättchen untermischen. Sollte etwas von dem Ratatouille übrig bleiben, einfach kalt stellen, bei nächster Gelegenheit gut klein hacken und als Topping auf Crostini geben. Die Rezeptmenge reicht als Topping für 15–20 Crostini.

Zutaten:

1 Tomate
1 gelbe Paprikaschote
1 Zucchini
1 kleine Aubergine
1 Stängel Rosmarin
4–5 EL Olivenöl
2 Knoblauchzehen
Salz
gem. Pfeffer
etwas Balsamico-Essig

Pro Portion:
E: 4 g, F: 19 g, Kh: 10 g,
kJ: 937, kcal: 223, BE: 0,0

Schnell, einfach, lecker

Ratatouille

Dauert etwa 25 Minuten,
für 2–3 Personen.

Zutaten:

200 g Perlgraupen
1 Zwiebel
1 EL Speiseöl, z. B. Sonnenblumenöl
400 ml Gemüsebrühe
1 Bund Frühlingszwiebeln
3 große Tomaten
Salz
gem. Pfeffer
etwas abgeriebene Schale und Saft von 1 Bio-Zitrone (unbehandelt, ungewachst)

Pro Portion:
E: 14 g, F: 7 g, Kh: 85 g,
kJ: 1967, kcal: 470, BE: 6,0

Perlgraupenrisotto

Dauert etwa 30 Minuten, für 2 Personen.

Schnell was Warmes

Zubereitung:

1. Perlgraupen nach Belieben in ein Sieb geben, mit kaltem Wasser abspülen und gut abtropfen lassen. Zwiebel abziehen und in kleine Würfel schneiden.

2. Das Öl in einem Topf erhitzen. Zwiebelwürfel darin unter Rühren andünsten. Perlgraupen hinzugeben und 1–2 Minuten unter gelegentlichem Rühren mitbraten.

3. Nach und nach die Brühe hinzugießen. Die Zutaten zugedeckt etwa 20 Minuten bei schwacher Hitze köcheln lassen, bis die Perlgraupen bissfest sind.

4. In der Zwischenzeit Frühlingszwiebeln putzen, abspülen, abtropfen lassen und schräg in feine Scheiben schneiden. Nach Belieben etwa 1 Esslöffel Frühlingszwiebelscheiben zum Garnieren beiseitelegen.

5. Tomaten kreuzweise einschneiden und mit kochendem Wasser übergießen. Nach 1–2 Minuten herausnehmen und mit kaltem Wasser abschrecken. Tomaten enthäuten, halbieren und die Stängelansätze herausschneiden. Anschließend entkernen und das Fruchtfleisch in mundgerechte Stücke schneiden.

6. Frühlingszwiebeln mit Tomaten etwa 5 Minuten vor Garzeitende zu den Perlgraupen in den Topf geben, unterrühren und alles zugedeckt fertig garen.

7. Das Risotto mit Salz, Pfeffer, etwa 1 Teelöffel Zitronenschale und 1–2 Esslöffeln Zitronensaft abschmecken. Das Perlgraupenrisotto auf Tellern anrichten und nach Belieben mit den beiseitegelegten Frühlingszwiebeln garnieren.

Leckere Beilage:

Als Beilage reicht die Menge für 3–4 Personen.

Oder lieber etwas weicher:

Wer das Risotto etwas weicher mag, gart die Perlgraupen etwa 5 Minuten länger.

Oder so:

Perlgraupen harmonieren auch zu anderem frischen Gemüse wie Fenchel oder Paprika (jeweils klein gewürfelt) statt der Frühlingszwiebeln. Die Tomaten möglichst stets mitgaren, sie geben dem Risotto die nötige Flüssigkeit und verleihen eine angenehme Säure.

Indian style Weizen-Risotto

Dauert etwa 20 Minuten.
Garzeit: 40 Minuten,
für 2 Personen.

Zubereitung:

1. Zwiebel und Knoblauch abziehen, beides in feine Würfel schneiden. Kürbisfruchtfleisch abspülen und klein würfeln. Staudensellerie putzen und die harten Außenfäden abziehen. Sellerie abspülen, abtropfen lassen und in dünne Scheiben schneiden. Weizen in einem Sieb mit kaltem Wasser abspülen und abtropfen lassen.

2. Öl in einem Topf erhitzen. Zwiebel und Knoblauch darin andünsten. Weizenkörner zugeben und etwa 2 Minuten mit andünsten. Nach und nach die Gemüsebrühe zugießen. Die Zutaten zugedeckt etwa 40 Minuten bei schwacher Hitze kochen lassen, dabei ab und zu umrühren.

3. Etwa 15 Minuten vor Garzeitende die Kürbiswürfel und Selleriescheibchen mit der restlichen Brühe dazugeben. Alles unterrühren und zugedeckt weitergaren, bis die Flüssigkeit komplett aufgesogen ist (evtl. die letzten 3-4 Minuten ohne Deckel fertig garen).

4. Petersilie abspülen, trocken tupfen und die Blättchen von den Stängeln zupfen. Blättchen fein hacken. Die gehackte Petersilie unter das Weizenrisotto rühren, mit Salz, Pfeffer und Curry abschmecken.

Kein Curry-Fan?

Dann das Pulver einfach weglassen oder dem Risotto mit etwas Ingwer (gemahlen oder frisch) eine feine, scharf-säuerliche Note verleihen.

Auch lecker:

Für ein **Grünkern-Risotto** die Weizenkörner durch die gleiche Menge Grünkern ersetzen. Die anderen Zutaten und die Garzeiten bleiben gleich.

Zeitmangel-Tipp:

Noch schneller geht es, wenn Sie statt der Weizenkörner Zart-Weizen nehmen. Dieser ist schon vorgegart (vorgekochter Hartweizen im Kochbeutel) und gart innerhalb von etwa 10 Minuten. Während der Zart-Weizen (1–2 Kochbeutel – je 125 g – je nachdem wie groß der Hunger ist) im Kochbeutel gart, Zwiebel- und Knoblauchwürfel in Öl andünsten, Kürbiswürfel und Stangenselleriescheiben zufügen und kurz mitdünsten. Etwa 75 ml Gemüsebrühe zufügen und alles 12–15 Minuten zugedeckt bei mittlerer Hitze bissfest garen. Den abgetropften Zart-Weizen mit Petersilie unter das Gemüse rühren und würzen.

Zutaten:

1 Zwiebel
1 Knoblauchzehe
½ Hokkaido-Kürbis (etwa 300 g vorbereitetes Kürbisfruchtfleisch mit Schale, ohne Kerne und Fasern)
100 g Staudensellerie
175 g Weizenkörner (aus Reformhaus oder Naturkostladen)
1 ½ EL Olivenöl
250 ml Gemüsebrühe
2–3 Stängel Petersilie
Salz
gem. Pfeffer
1–2 Msp. Currypulver

Pro Portion:
E: 13 g, F: 10 g, Kh: 62 g,
kJ: 1611, kcal: 386, BE: 5,0

Gebackene Kartoffelspalten mit Avocadodip

Einfach & einfach köstlich

Zubereitung:

1. Den Backofen vorheizen.
Ober-/Unterhitze: etwa 200 °C
Heißluft: etwa 180 °C

2. Kartoffeln unter fließendem kalten Wasser gründlich abbürsten und abtropfen lassen. Die Kartoffeln je nach Größe der Länge nach in 4 oder 6 Spalten schneiden.

3. Die Kartoffelspalten auf einem Backblech verteilen, mit Olivenöl und Meersalz vermischen. Das Backblech in den vorgeheizten Backofen schieben. Kartoffelspalten unter gelegentlichem Wenden **etwa 45 Minuten backen.**

4. In der Zwischenzeit für den Dip Tomaten abspülen, abtropfen lassen, halbieren und die Stängelansätze herausschneiden. Die Tomaten entkernen und klein würfeln. Knoblauch abziehen, durch eine Knoblauchpresse drücken und zu den Tomatenwürfeln geben.

5. Avocados in der Mitte längs durchschneiden und jeweils den Stein herausnehmen. Das Fruchtfleisch mit einem Löffel aus den Schalen lösen und mit einem Pürierstab grob pürieren. Püree unter die Tomatenwürfel rühren. Den Orangensaft unterrühren. Den Avocadodip mit Salz, Koriander und Cayennepfeffer würzen.

6. Petersilie abspülen und trocken tupfen. Die Blättchen von den Stängeln zupfen. Die Blättchen klein schneiden und unter den Avocadodip rühren. Den Dip mit Salz, Orangensaft und Cayennepfeffer abschmecken. Die gebackenen Kartoffelspalten mit dem Avocadodip servieren.

Zutaten:

750 g festkochende Kartoffeln
1 EL Olivenöl
1–1 ½ gestr. TL grobes Meersalz

Für den Avocadodip:
150 g kleine Tomaten
1 kleine Knoblauchzehe
1–2 reife Avocados (etwa 275 g)
2 EL Orangensaft
Salz
1 Msp. gem. Koriander
Cayennepfeffer
½ Bund glatte Petersilie

Pro Portion:
E: 9 g, F: 30 g, Kh: 48 g,
kJ: 2095, kcal: 500, BE: 4,0

Dauert etwa 20 Minuten.
Backzeit: etwa 45 Minuten, für 2 Personen.

Zutaten:

Zum Vorbereiten:
500 g Sojajoghurt

600 g festkochende Kartoffeln
2 gestr. TL Wasabipaste
1 EL Zitronensaft
Salz
gem. Pfeffer
evtl. etwas vorbereitete Petersilie

Außerdem:
sauberes Küchentuch, z. B aus Leinen

Pro Portion:
E: 15 g, F: 6 g, Kh: 48 g,
kJ: 1341, kcal: 320, BE: 4,0

Pellkartoffeln mit Wasabiquark

Der Klassiker im Japan-Style

Dauert etwa 40 Minuten, ohne nächtliche Abtropfzeit, für 2 Personen.

Zubereitung:

1. Zum Vorbereiten am Abend zuvor ein großes Sieb mit einem sauberen Küchentuch auslegen. Das Sieb in eine Schüssel hängen. Den Sojajoghurt in das Sieb geben und zugedeckt über Nacht im Kühlschrank abtropfen lassen.

2. Am nächsten Tag die Kartoffeln unter fließendem Wasser abbürsten, knapp mit Wasser bedeckt, zugedeckt zum Kochen bringen und in etwa 20 Minuten gar kochen.

3. In der Zwischenzeit das Tuch an den Ecken zusammenhalten und den Joghurt zu einer Kugel formen, dabei läuft evtl. weitere überschüssige Flüssigkeit ab. Den abgetropften Sojaquark aus dem Handtuch nehmen und in eine Schüssel geben. Wasabipaste und Zitronensaft unterrühren, mit Salz und Pfeffer abschmecken.

4. Die garen Kartoffeln abgießen, mit kaltem Wasser abschrecken, abtropfen lassen und sofort pellen. Die Pellkartoffeln mit dem Wasabiquark auf Tellern anrichten, nach Belieben mit Salz und Pfeffer bestreuen, mit abgespülten, trocken getupften Petersilienblättchen garniert servieren.

Dazu passt:

Am besten Salat: Ein einfacher grüner Salat schmeckt genauso gut wie dieser **Radieschen-Rohkost-Salat** (für 2 Personen als Beilage): 1 Esslöffel Apfelessig mit 1 Teelöffel Agavendicksaft, Salz und Pfeffer verrühren und 2 Esslöffel Olivenöl unterschlagen. 150 g geputzte Radieschen in dünne Stifte schneiden, 150 g geputzte Salatgurke halbieren, entkernen und in Scheiben schneiden, beides mit der Salatsauce mischen.

Zum Beschleunigen:

Noch schneller geht es, wenn Sie fertigen veganen Sojaquark kaufen (Reformhaus, Naturkostladen oder Online-Shop). Allerdings ist dieser nicht immer verfügbar und oft teurer als selbst gemachter Quark.

Aus dem Ofen:

Für eine größere Runde **Ofenkartoffeln** zubereiten: Dafür pro Person 250–300 g vorwiegend festkochende Kartoffeln einplanen. Den Backofen vorheizen (Ober-/Unterhitze: etwa 200 °C bzw. Heißluft: etwa 180 °C). Die Kartoffeln unter fließendem Wasser abbürsten, abtropfen lassen und der Länge nach etwa 1 cm tief einschneiden. Die Einschnitte etwas salzen. Die Kartoffeln einzeln in Alufolie wickeln, auf dem Rost im unteren Drittel in den Backofen schieben. Je nach Größe garen die Kartoffeln 45–60 Minuten. Wenn die Kartoffeln gar sind, die Alufolie öffnen, die Kartoffeln aufbrechen und mit dem Quark füllen.

Vegan-Burger
Für die Lunch-Box

Dauert etwa 45 Minuten.
Garzeit: etwa 20 Minuten,
für 1 Person (2 Stück).

Zutaten:

Für die Gemüse-Frikadellen:
200 g mehligkochende Kartoffeln
1 Möhre (etwa 100 g)
Salz
Wasser
1–1 ½ EL Sojamehl (aus Reformhaus oder Naturkostladen)
gem. Pfeffer
1 EL Speiseöl, z. B. Sonnenblumenöl

Außerdem:
100 g Sojajoghurt
2 TL Schnittlauchröllchen
2 Roggenbrötchen (möglichst aus Vollkornmehl)
2 große Salatblätter, z. B. Kopfsalat oder Lollo Rosso
1 große Tomate
einige Schnittlauchröllchen

Pro Portion (2 Stück):
E: 30 g, F: 19 g, Kh: 100 g, kJ: 2929, kcal: 699, BE: 8,0

Zubereitung:

1. Für die Frikadellen die Kartoffeln unter fließendem Wasser abbürsten, knapp mit Wasser bedeckt, zugedeckt zum Kochen bringen und in etwa 20 Minuten gar kochen. Kartoffeln abgießen, mit kaltem Wasser abschrecken, abtropfen lassen. Kartoffeln noch warm pellen, dann mit einer Gabel fein zermusen.

2. In der Zwischenzeit die Möhre putzen, schälen, abspülen, abtropfen lassen und klein würfeln. Möhrenwürfel in einem kleinen Topf in Salzwasser zugedeckt in etwa 5 Minuten garen. Dann in einem Sieb abtropfen lassen.

3. Das Kartoffelmus mit Sojamehl, Salz und Pfeffer mit leicht angefeuchteten Händen verkneten. Möhrenwürfel zum Schluss vorsichtig unterkneten. Aus dem Kartoffelteig 2 gleich große Taler (Ø etwa 9 cm) formen. Das Öl in einer großen Pfanne erhitzen. Die Frikadellen darin von jeder Seite etwa 2 Minuten braten. Frikadellen herausnehmen und beiseitestellen.

4. Joghurt mit Schnittlauch verrühren. Den Schnittlauchjoghurt mit Salz und Pfeffer kräftig würzen.

5. Brötchen jeweils waagerecht durchschneiden. Jede Hälfte mit etwa 1 Esslöffel von dem Schnittlauchjoghurt bestreichen. Salatblätter und Tomate abspülen und trocken tupfen. Tomate in Scheiben schneiden und den Stängelansatz herausschneiden.

6. Die unteren Brötchenhälften mit je 1 Salatblatt belegen, dann mit 1 Frikadelle und 2–3 Tomatenscheiben belegen, mit Schnittlauch bestreuen, mit Salz und Pfeffer würzen. Die oberen Brötchenhälften darauflegen und leicht andrücken. Die Burger sofort genießen, bis zum Verzehr einzeln in Frischhaltefolie einwickeln oder in einer Lunch-Box aufbewahren.

Bei großem Hunger und Gästen:

Die Vegan-Burger reichen als Mittagessen (mit 2 Stück) vollkommen aus. Als kleiner Snack für zwischendurch werden 2 Personen satt. Für mehrere Portionen lassen sich die Zutaten einfach verdoppeln, verdreifachen ...

Polentataler mit Auberginenragout

Weckt Urlaubsgefühle

Dauert etwa 50 Minuten, ohne nächtliche Kühlzeit sowie ohne Ziehzeit, für 2 Personen.

Zutaten:

Für die Polentataler:
500 ml Gemüsebrühe
Salz
½ EL Speiseöl, z. B. Oliven- oder Sonnenblumenöl
125 g Polenta (Maisgrieß)

Für das Auberginenragout:
1 Aubergine (etwa 300 g)
1 Zwiebel
1 Knoblauchzehe
1 EL Speiseöl, z. B. Olivenöl
400 g stückige Tomaten (aus der Dose)
4–5 Stängel Petersilie
1 EL abgetropfte Kapern (aus dem Glas)
gem. Pfeffer

Außerdem:
eine runde Kuchen- oder Tortenplatte (ersatzweise 2 Essteller)
1–1 ½ EL Speiseöl, z. B. Oliven- oder Sonnenblumenöl zum Braten

Pro Portion:
E: 10 g, F: 15 g, Kh: 48 g, kJ: 1545, kcal: 368, BE: 4,0

Zubereitung:

1. Für die Polentaler am Vortag die Polenta nach Packungsanleitung zubereiten. Dafür Gemüsebrühe mit 1–2 Prisen Salz in einem kleinen, hohen Topf aufkochen. Öl mit der Polenta einrühren. Alles einmal aufkochen lassen, dann bei schwacher Hitze zugedeckt etwa 2 Minuten köcheln lassen. Den Topf von der Kochstelle nehmen. Die Polenta etwa 5 Minuten beiseitestellen.

2. In der Zwischenzeit eine runde Kuchen- oder Tortenplatte (Durchmesser etwa 30 cm, ersatzweise 2 Essteller) mit kaltem Wasser ausspülen.

3. Die gegarte Polenta evtl. mit Salz abschmecken. Polenta auf die Platte (oder die beiden Essteller) geben. Anschließend mit einem feuchten Teigschaber etwa 1 cm dick verstreichen und mit Frischhaltefolie abdecken. Polenta über Nacht erkalten lassen.

4. Am nächsten Tag für das Ragout Aubergine abspülen, abtrocknen und die Enden abschneiden. Aubergine erst längs in etwa 1 cm dicke Scheiben, dann in Würfel schneiden. Auberginenwürfel mit ½–1 Teelöffel Salz bestreuen. Die Auberginen etwa 30 Minuten Salz ziehen lassen.

5. Die Auberginenwürfel in ein großes Sieb geben und mit kaltem Wasser gut abspülen. Anschließend Auberginen mit der Hand leicht ausdrücken, damit das Wasser besser abläuft.

6. Zwiebel und Knoblauch abziehen, beides fein würfeln. Öl in einem breiten Topf erhitzen, Zwiebel und Knoblauch darin andünsten. Tomaten zugeben und etwa 2 Minuten bei mittlerer Hitze mitdünsten. Auberginenwürfel unterrühren und alles zugedeckt etwa 10 Minuten bei schwacher Hitze köcheln lassen. Dann ohne Deckel etwa 5 Minuten bei starker Hitze einkochen lassen, bis die Flüssigkeit verdampft ist, dabei 2- bis 3-mal umrühren.

7. In der Zwischenzeit die Folie von der Polenta entfernen. Aus der Polentamasse mit einem kleinen Trinkglas runde Taler (Ø 4–6 cm) ausstechen.

8. Das Öl in einer großen Pfanne erhitzen. Die Polentataler von beiden Seiten bei mittlerer bis starker Hitze in 6–8 Minuten knusprig hellbraun braten. Polentaler herausnehmen und evtl. auf Küchenpapier kurz abtropfen lassen.

9. In der Zwischenzeit Petersilie abspülen, trocken tupfen und die Blättchen von den Stängeln zupfen. Blättchen fein hacken, mit den Kapern unter das Auberginenragout rühren. Auberginenragout mit Salz und Pfeffer abschmecken, mit den Polentatalern anrichten.

Klappt auch im Ofen:

Die Polentataler lassen sich ohne zusätzliches Öl im Backofen backen. Dafür die Polentataler auf ein Backblech (mit Backpapier belegt) legen. Das Backblech in den vorgeheizten Backofen (Ober-/Unterhitze: 200 °C bzw. Heißluft: 180 °C) schieben. Die Taler in 20–25 Minuten goldbraun backen.

Was tun mit den Resten?

Die Polentataler sehen gut aus, allerdings entstehen beim Ausstechen auch kleine Polentareste. Diese einfach bis zum nächsten Tag zugedeckt in den Kühlschrank stellen, dann in etwas Öl braten. Reste und dazu auch noch Zeit spart man ein, wenn man die Polenta einfach in Stücke schneidet.

Sommertipp:

Tomaten aus der Dose werden vollreif geerntet und haben oft mehr Aroma als Tomaten, die es im Winter zu kaufen gibt. Wer das Gericht im Sommer kocht, kann aber natürlich etwa 500 g frische Tomaten nehmen. Dafür die Tomaten enthäuten (Tomaten kreuzweise einschneiden und kurz in kochendes Wasser legen. Anschließend mit kaltem Wasser abschrecken, enthäuten, halbieren und die Stängelansätze herausschneiden. Tomaten in Stücke schneiden) und wie im Rezept angegeben verwenden.

Zubereitung:

1. Für die Frikadellen die Linsen nach Packungsanleitung in reichlich Wasser in 10–15 Minuten bissfest garen. Gegarte Linsen in ein Sieb abgießen und mit kaltem Wasser abspülen. Anschließend Linsen abtropfen und abkühlen lassen.

2. In der Zwischenzeit Zwiebel abziehen und fein würfeln. Öl in einer kleinen Pfanne erhitzen. Die Zwiebelwürfel darin andünsten. Zwiebelmasse auf einen Teller geben und beiseitestellen.

3. Für die Sauce die Paprikaschote halbieren, entstielen, entkernen und die weißen Scheidewände entfernen. Schote abspülen, abtropfen lassen und in kleine Würfel schneiden. Die Paprikawürfel in einer Pfanne ohne Fett bei mittlerer bis starker Hitze in etwa 10 Minuten braun anbraten, dabei gelegentlich umrühren. Gemüsebrühe angießen, alles einmal aufkochen lassen und die Paprikawürfel zugedeckt bei schwacher Hitze etwa 10 Minuten gar dünsten.

4. In der Zwischenzeit Mango-Fruchtfleisch in kleine Würfel schneiden. Kichererbsen abspülen, gut abtropfen lassen und in einer Schüssel pürieren. Die Kichererbsenmasse mit Linsen, Zwiebelmasse, Mangowürfeln, Sojamehl sowie Salz, Pfeffer und etwas Cayennepfeffer gut verrühren und nach Belieben nochmals mit den Gewürzen abschmecken.

5. Die Pfanne mit der Paprika von der Kochstelle nehmen. Knoblauch abziehen, grob hacken und mit den Paprikawürfeln in einen hohen Rührbecher geben. Essig und 1 Esslöffel von dem Olivenöl hinzufügen. Die Zutaten mit dem Pürierstab zu einer glatten, leicht dicklichen Sauce verrühren. Paprikasauce mit Salz und Pfeffer abschmecken.

6. Aus der Kichererbsenmasse mit leicht angefeuchteten Händen 6 flache Frikadellen formen. Das restliche Öl in einer großen Pfanne erhitzen. Die Frikadellen darin bei mittlerer bis starker Hitze in 3–4 Minuten braun anbraten, dabei vorsichtig wenden. Die Frikadellen auf der Paprikasauce anrichten.

Dauert etwa 40 Minuten,
für 2 Personen.

Mango-Kichererbsen-Frikadellen mit Paprikasauce

Harmonie in Gelb und Rot

Zutaten:

Für die Mango-Kichererbsen-Frikadellen:
125 g rote Linsen
Wasser
1 Zwiebel
1 EL Olivenöl

Für die Paprikasauce:
1 rote Paprikaschote (etwa 200 g)
100 ml Gemüsebrühe

75 g Mango-Fruchtfleisch (vorbereitet gewogen)
150 g abgetropfte Kichererbsen (aus der Dose)
2 EL Sojamehl (aus Reformhaus oder Naturkostladen, möglichst kein Vollfett-Mehl)
Salz
gem. Pfeffer
1 Msp. Cayennepfeffer

1 Knoblauchzehe
1 EL Apfel- oder weißen Balsamico-Essig
2 EL Olivenöl

Pro Portion:
E: 29 g, F: 22 g, Kh: 56 g,
kJ: 2269, kcal: 543, BE: 4,5

Dazu schmeckt:

Ein frischer grüner Salat.

Für mehr Schärfe:

Die rote Paprikasauce zusätzlich mit ½–1 Teelöffel Harissa (scharfe Gewürzpaste) abschmecken.

Auch kalt ein Genuss:

Bei kleinem Hunger 1–2 fertig gegarte Frikadellen für den nächsten Tag gut einpacken und am besten im Kühlschrank aufheben. Sie schmecken zum Beispiel auf einer Scheibe Brot.

Zeitspartipp:

Noch schneller geht es, wenn Sie statt selbst gemachter roter Paprikasauce fertiges Mango-Chutney (aus dem Glas) verwenden.

Für Gäste:

Größere Mengen Frikadellen lassen sich prima im Backofen garen. Dafür den Backofen vorheizen (Ober-/Unterhitze: etwa 200 °C bzw. Heißluft: etwa 180 °C). Die Frikadellen mit etwas Abstand auf ein mit Backpapier belegten Backblech legen und 20–25 Minuten backen.

Kichererbsen-Schupfnudeln mit Minz-Dip

Knusprige Hülle, weicher Kern

Dauert etwa 35 Minuten, ohne Ruhezeit, für 2 Personen.

Zubereitung:

1. Petersilie abspülen, trocken tupfen und die Blättchen von den Stängeln zupfen. Zwiebel und Knoblauch abziehen, beides grob hacken. Kichererbsen abspülen und gut abtropfen lassen. Dann mit Petersilienblättchen, Zwiebel- und Knoblauchstücken in eine Rührschüssel geben und fein pürieren.

2. Mehl mit Salz, Pfeffer, Paprikapulver, Koriander und Kreuzkümmel mischen. Die Mischung zum Kichererbsenpüree geben und alles mit den Händen zu einer geschmeidigen Masse verkneten. Den Teig zugedeckt etwa 30 Minuten ruhen lassen.

3. Für den Dip in der Zwischenzeit Minze abspülen, trocken tupfen und die Blättchen von den Stängeln zupfen. Die Blättchen in feine Streifen schneiden. Knoblauch abziehen und fein hacken. Joghurt mit Knoblauch und Zitronenschale gut verrühren. Die Minzestreifen vorsichtig unterziehen. Den Dip mit Salz und Pfeffer würzen.

4. Aus dem Erbsenteig etwa 16 fingerdicke Schupfnudeln formen. Das Öl in einer großen Pfanne erhitzen. Die Schupfnudeln darin von allen Seiten bei mittlerer bis starker Hitze unter vorsichtigem Wenden in 8–10 Minuten goldbraun braten.

5. Die Kichererbsen-Schupfnudeln mit dem Minz-Dip servieren.

Tipp:

Statt der einzelnen Gewürze kann man das Erbsenpüree auch mit Garam Masala (indische Fertig-Würzmischung) würzen.

Andere Form, gleicher Geschmack:

Dekorativ sehen auch kleine Kichererbsentaler aus. Dafür den Erbsenteig halbieren, zu 2 gleich großen Rollen formen und jede Rolle in etwa 8 Scheiben schneiden. Die Kichererbsenscheiben in heißem Öl von beiden Seiten in etwa 8 Minuten braun braten, dabei vorsichtig wenden.

Noch Minze übrig?

Minze schmeckt wunderbar (in Streifen geschnitten) unter frischem Obstsalat oder natürlich als Tee. Dafür die Minzblättchen mit kochendem Wasser aufbrühen, 5 Minuten darin ziehen lassen und anschließend absieben/abseihen.

Für volles Aroma:

Werden Kräuter, wie hier die Minze, in feine Streifen geschnitten, können sich alle ätherischen Öle des Krautes gut entfalten. Aber Achtung: Wenn man die Kräuter so lange hackt, bis sich sogar das zum Hacken verwendete Brett grün färbt, gehen zu viele ätherischen Öle verloren.

Zutaten:

1 Bund glatte Petersilie
1 kleine Zwiebel
1 Knoblauchzehe
265 g abgetropfte Kichererbsen (aus der Dose)
2 EL Sojamehl (aus Reformhaus oder Naturkostladen)
Salz
gem. Pfeffer
Paprikapulver edelsüß
1 geh. Msp. gem. Koriander
1 geh. Msp. gem. Kreuzkümmel (Cumin)

Für den Dip:
1–2 Stängel Minze (8–9 Blätter)
1 Knoblauchzehe
200 g Sojajoghurt
etwa ½ TL ger. Bio-Zitronenschale (unbehandelt, ungewachst)
3 EL Speiseöl, z. B. Sojaöl

Pro Portion:
E: 21 g, F: 24 g, Kh: 29 g,
kJ: 1745, kcal: 418, BE: 2,0

Kohlrabi-Schnitzel mit Kartoffelsalat

Macht Appetit auf mehr

Dauert etwa 35 Minuten,
ohne Durchziehzeit.
Garzeit: etwa 20 Minuten,
für 2 Personen.

Zubereitung:

1. Für den Salat die Kartoffeln unter fließendem Wasser abbürsten, knapp mit Wasser bedeckt, zugedeckt zum Kochen bringen und in etwa 20 Minuten gar kochen. Die garen Kartoffeln abgießen, mit kaltem Wasser abschrecken, abtropfen lassen. Kartoffeln noch warm pellen, in Scheiben schneiden und in eine Schüssel geben.

2. Schalotten oder Zwiebel abziehen und fein würfeln. Das Öl in einem kleinen Topf erhitzen, die Schalotten- oder Zwiebelwürfel darin goldgelb andünsten und zu den Kartoffelscheiben geben.

3. Die Brühe in demselben Topf erwärmen. Den Topf von der Kochstelle nehmen, Essig, Senfpulver oder Senf und Dicksaft kräftig unterrühren. Alles mit Salz und Pfeffer würzen, heiß über die Kartoffelscheiben geben, vorsichtig mischen und etwa 60 Minuten zugedeckt durchziehen lassen.

4. Für die Schnitzel den Kohlrabi schälen. Kohlrabi abspülen, abtropfen lassen und in etwa 1 cm dicke Scheiben schneiden.

5. In einem Topf Salzwasser zum Kochen bringen. Kohlrabischeiben zufügen, alles erneut aufkochen und zugedeckt in etwa 6 Minuten bei schwacher bis mittlerer Hitze garen, bis der Kohlrabi bissfest ist. Kohlrabi abgießen, auf Küchenpapier trocken tupfen.

6. Mehl, Milch und Paniermehl getrennt in 3 kleine, tiefe Teller geben. Die Kohlrabischeiben von beiden Seiten mit etwas Zitronensaft, Salz und Pfeffer würzen. Dann zunächst in Mehl, dann in Milch und zuletzt im Paniermehl wenden.

7. Das Öl in einer großen Pfanne erhitzen. Die Kohlrabischeiben darin bei mittlerer Hitze in 5–6 Minuten goldbraun braten, dabei einmal wenden. Schnitzel anschließend auf Küchenpapier abtropfen lassen (Vorsicht: Die Schnitzel sind heiß!). Kurz vor dem Servieren Schnittlauchröllchen unter den Kartoffelsalat mischen und mit den Kohlrabi-Schnitzeln anrichten.

Zutaten:

Für den Kartoffelsalat:
500 g festkochende Kartoffeln
2 rote Schalotten oder 1 Zwiebel
1 EL Speiseöl, z. B. Sonnenblumenöl
50 ml Gemüsebrühe
1 ½ EL Apfel- oder Weißwein-Essig
1 TL Senfpulver oder Senf (aus Reformhaus oder Naturkostladen)
1 TL Apfel- oder Agavendicksaft (aus Reformhaus oder Naturkostladen)
Salz, gem. Pfeffer

Für die Kohlrabi-Schnitzel:
1 Kohlrabi (etwa 330 g)
Wasser
2–3 EL Weizenmehl (Type 1050)
3–4 EL Sojamilch
2–3 EL Vollkorn-Paniermehl (aus Reformhaus oder Naturkostladen)
2–3 EL Zitronensaft
2 EL Sonnenblumenöl

2 EL Schnittlauchröllchen

Pro Portion:
E: 10 g, F: 16 g, Kh: 59 g,
kJ: 1816, kcal: 433, BE: 5,0

Frisch, bunt & gesund

Nuss-Schnitzelchen mit Salat

Dauert etwa 40 Minuten,
für 2 Personen.

Zubereitung:

1. Den Salat putzen, waschen, gut abtropfen lassen oder trocken schleudern. Salat in mundgerechte Stücke zupfen. Die Paprikaschote halbieren, entstielen, entkernen und die weißen Scheidewände entfernen. Schote abspülen, abtropfen lassen und in schmale Streifen schneiden.

2. Salatgurke abspülen, abtrocknen und das Ende abschneiden. Gurke längs halbieren und das Fruchtfleisch quer in möglichst dünne Scheiben schneiden. Von den Radieschen Blätter, Spitzen und schlechte Stellen abschneiden. Radieschen abwaschen und trocken tupfen, anschließend halbieren und in schmale Spalten schneiden.

3. Für die Sauce Öl mit Essig verschlagen, mit Salz, Pfeffer und Zucker würzen.

4. Den Seitan oder Tofu in dünne, kleine Dreiecke schneiden. Mehl, Sojamilch und Nüsse getrennt in 3 kleine, tiefe Teller geben. Die Dreiecke mit Salz und Pfeffer würzen. Anschließend zunächst in Mehl, dann in Milch und zuletzt in den Nüssen wenden.

5. Das Öl in einer großen Pfanne erhitzen. Die Schnitzelchen darin bei mittlerer Hitze in 5–6 Minuten goldbraun braten, dabei einmal wenden. Die Schnitzelchen auf Küchenpapier abtropfen lassen.

6. Salat, Paprika, Gurke und Radieschen mit der Sauce in eine Schüssel geben und vermengen. Den Salat auf 2 Tellern anrichten. Die Nuss-Schnitzelchen darauf anrichten.

So gelingt die Nuss-Panade:

Die Nüsse haften am besten an den Schnitzelchen, wenn Sie immer nur eine kleine Nussmenge auf den Teller geben und die Schnitzelchen darin wenden. Den Teller zwischendurch immer wieder mit Küchenpapier trocken wischen und neue Nüsse hineingeben. So verhindern Sie, dass herunterlaufende Sojamilch die Nüsse durchweicht und sie deshalb nicht mehr so gut haften bleiben.

Zutaten:

Für den Salat:
½ Kopf grüner Salat, z. B. Kopf- oder Eisbergsalat
1 gelbe Paprikaschote
½ Salatgurke
1 kleines Bund Radieschen

Für die Salatsauce:
2 EL Nussöl, z. B. Walnuss- oder Kürbiskernöl
1–1 ½ EL Kräuter- oder Apfelessig
Salz
gem. Pfeffer
1 Prise Zucker

Für die Nuss-Schnitzelchen:
200 g Seitan oder Tofu
4 EL Weizenmehl (Type 1050)
4–5 EL Sojamilch
60 g gehackte Haselnusskerne oder Mandeln
1 ½– 2 EL Speiseöl, z. B. Sojaöl

Pro Portion:
E: 23 g, F: 34 g, Kh: 21 g,
kJ: 2028, kcal: 484, BE: 1,5

Zubereitung:

1. Tomaten abspülen, abtrocknen und jeweils einen Deckel abschneiden. Tomaten vorsichtig mit einem Teelöffel aushöhlen. Das Tomatenfleisch beiseitelegen.

2. Für die Reisfüllung den Knoblauch abziehen und fein hacken. Öl in einem kleinen Topf erhitzen, Knoblauch und Reis darin andünsten. Ein Drittel des beiseitegelegten Tomatenfleischs (etwa 70 g) mit Wasser auf 125 ml ergänzen und zum Reis gießen. Alles einmal aufkochen lassen. Den Reis zugedeckt bei schwacher Hitze etwa 30 Minuten nach Packungsanleitung köcheln lassen, bis die Flüssigkeit aufgesogen und der Reis gar ist. Den Reis mit Salz und Pfeffer abschmecken.

3. In der Zwischenzeit für die Olivenfüllung die Oliven fein hacken. Petersilie abspülen, trocken tupfen und die Blättchen von den Stängeln zupfen. Blättchen fein hacken und unterrühren, mit Salz und Pfeffer kräftig abschmecken.

4. Den Backofen vorheizen.
Ober-/Unterhitze: etwa 200 °C
Heißluft: etwa 180 °C

5. Für die provenzalische Füllung die Frühlingszwiebeln putzen, abspülen, abtropfen lassen und in feine Scheiben schneiden. Frühlingszwiebeln mit Semmelbröseln, Kräutern der Provence, 2 Esslöffeln von der Tomatenflüssigkeit sowie Salz und Pfeffer abschmecken.

6. Jede Füllung in 2 Tomaten geben. Die Tomaten in eine Auflaufform (gefettet) setzen, dabei die Tomatendeckel auflegen und leicht andrücken. Die Brühe angießen. Die Form auf dem Rost in den vorgeheizten Backofen (Mitte) schieben. Die Tomaten **etwa 20 Minuten garen.**

Dazu passen:

Vollkornbrot, -baguette oder -Toastbrot.

Beschleuniger:

Schneller geht es, wenn man nur eine der Füllungen auswählt, diese verdreifacht und alle 6 Tomaten damit füllt.

Tipp:

Nach Belieben die Tomaten innen mit Salz und Pfeffer bestreuen.

Zutaten:

6 möglichst gleich große Tomaten (je etwa 100 g)

Für die Reisfüllung:
1 Knoblauchzehe
½ EL Speiseöl, z. B. Olivenöl
40 g Vollkorn- oder Naturreis
Salz
gem. Pfeffer

Für die Olivenfüllung:
50 g abgetropfte schwarze Oliven (ohne Stein)
4–5 Stängel Petersilie

Für die provenzalische Füllung:
1–2 Frühlingszwiebeln (etwa 60 g)
1 EL Vollkorn-Semmelbrösel, z. B. mit Dinkel (aus Reformhaus oder Naturkostladen)
1 TL getrocknete Kräuter der Provence

125 ml Gemüsebrühe

Außerdem:
eine feuerfeste Auflaufform

Pro Portion:
E: 6 g, F: 8 g, Kh: 31 g,
kJ: 935, kcal: 221, BE: 2,0

Gefüllte Tomaten

3-fach gefüllt, 3-fach genießen

Dauert etwa 40 Minuten.
Garzeit: Tomaten etwa 20 Minuten,
für 2 Personen (je 3 Stück).

Dauert etwa 30 Minuten,
ohne Marinierzeit,
für 1 Person.

Zutaten:

Für den marinierten Tofu:
30 g frischer Ingwer
3–4 EL Sojasauce
200 g Tofu (natur oder geräuchert)

1 kleine Zucchini
1 rote oder gelbe Paprikaschote
1 Frühlingszwiebel (etwa 40 g)
1 Knoblauchzehe
2 EL Sojaöl
Salz
gem. Pfeffer

Pro Portion:
E: 39 g, F: 33 g, Kh: 25 g,
kJ: 2313, kcal: 553, BE: 1,5

Gemüse-Tofu-Pfanne

Die Marinade macht den Unterschied

Zubereitung:

1. Für den Tofu Ingwer schälen und in feine Würfel schneiden. 3 Esslöffel Sojasauce mit der Hälfte der Ingwerwürfel in einem tiefen Teller gut verrühren. Tofu in mundgerechte Stücke schneiden, in die Ingwer-Sauce legen und darin 30 Minuten marinieren. Den Tofu dabei ab und zu wenden.

2. Zucchini abspülen, abtrocknen und die Enden abschneiden. Zucchini längs halbieren, dann in dünne Scheiben schneiden. Paprikaschoten halbieren, entstielen, entkernen und die weißen Scheidewände entfernen. Schoten abspülen, abtropfen lassen und in mundgerechte Stücke schneiden.

3. Frühlingszwiebel putzen, abspülen, abtropfen lassen und in Scheiben schneiden. Knoblauch abziehen und fein hacken.

4. Das Öl in einer großen Pfanne erhitzen. Zucchinischeiben, Paprikastücke und Frühlingszwiebelscheiben mit dem Knoblauch darin unter gelegentlichem Wenden in etwa 5 Minuten bissfest garen.

5. Die Tofuwürfel aus der Marinade nehmen und zu dem Gemüse in die Pfanne geben. Alles etwa 5 Minuten weitergaren, dabei ab und zu umrühren. Die Gemüsepfanne mit Salz, Pfeffer, restlichem Ingwer und Sojasauce abschmecken.

Tipp:

Statt Tofu schmeckt auch Seitan.

Für eine würzige Schärfe:

Das Gericht zum Schluss mit 2–3 Spritzern Tabasco statt der Sojasauce abschmecken.

Oder lieber mit französischem Touch?

Wer es französisch-kräuterig mag, ersetzt den Ingwer durch frischen Thymian.

Buntes Paprikagemüse mit Buchweizengrütze

Wärmstens zu empfehlen

Dauert etwa 30 Minuten,
für 1 Person.

Zutaten:

Für das Paprikagemüse:
je ½ rote, gelbe und grüne Paprikaschote (etwa 250 g)
1 kleine Zwiebel (etwa 50 g)
1 Knoblauchzehe
1 Stängel Thymian oder ¼ TL gerebelter Thymian
1 Stängel Rosmarin oder ½ TL gerebelter Rosmarin
1 ½ EL Olivenöl
4 EL Gemüsebrühe

Für die Buchweizengrütze:
200 ml Gemüsebrühe
1 TL Olivenöl
60 g Buchweizengrütze
2–3 Stängel glatte Petersilie
Salz

1 EL Tomatenmark
gem. Pfeffer
½ TL Ahornsirup

Pro Portion:
E: 9 g, F: 21 g, Kh: 60 g,
kJ: 1975, kcal: 472, BE: 4,5

Zubereitung:

1. Für das Gemüse die Paprikaschotenhälften entstielen, entkernen und die weißen Scheidewände entfernen. Die Schotenhälften abspülen, trocken tupfen und der Länge nach in schmale Streifen schneiden.

2. Zwiebel und Knoblauch abziehen. Zwiebel halbieren und längs in dünne Streifen schneiden. Knoblauch fein würfeln oder durch eine Knoblauchpresse drücken.

3. Thymian und Rosmarin abspülen, trocken tupfen. Blättchen bzw. Nadeln von den Stängeln zupfen.

4. Das Olivenöl in einem Topf erhitzen. Zwiebelstreifen darin etwa 5 Minuten bei mittlerer Hitze andünsten. Knoblauch, Paprikastreifen, Thymianblättchen, Rosmarinnadeln und Brühe hinzugeben, zum Kochen bringen. Das Paprikagemüse zugedeckt etwa 10 Minuten bei mittlerer Hitze dünsten, dabei 2- bis 3-mal umrühren.

5. Für die Grütze in der Zwischenzeit Brühe und Olivenöl in einem Topf zum Kochen bringen. Buchweizengrütze einstreuen und unter Rühren aufkochen. Grütze zugedeckt etwa 12 Minuten bei schwacher Hitze quellen lassen.

6. In der Zwischenzeit Petersilie abspülen und trocken tupfen. Die Blättchen von den Stängeln zupfen (einige Blättchen zum Garnieren beiseitelegen). Die Blättchen grob zerschneiden und unter die Grütze rühren. Die Grütze mit Salz abschmecken.

7. Das Tomatenmark zum Paprikagemüse geben und unter Rühren einmal aufkochen. Gemüse mit Salz, Pfeffer und Ahornsirup abschmecken.

8. Das Paprikagemüse mit der Buchweizengrütze anrichten und mit den beiseitegelegten Petersilienblättchen garnieren.

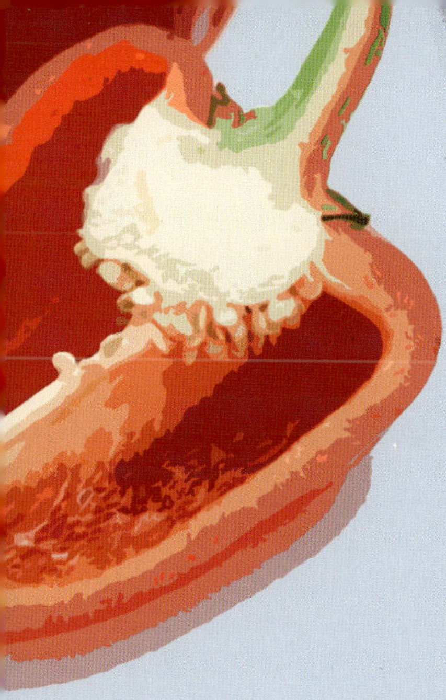

Was tun mit den Resten?

Die restlichen Paprikahälften für das Chili sin Carne (Seite 16) verwenden. Wer Reste vermeiden möchte, nimmt statt der bunten Paprika 2 kleine Paprikaschoten in beliebiger Farbe.

Austauschtipp:

Mit der gleichen Menge Hirse statt Buchweizen wird das Gericht zur Hirsegrütze.

Zutaten:

Für den Tofu:
225 g Tofu
2 EL süßer Senf
½–1 TL scharfer Senf
1 EL Balsamico-Essig
Salz

Für die Dicken Bohnen:
225 g TK-Dicke Bohnen
Salzwasser
1 kleine Knoblauchzehe
1 EL Olivenöl
225 g TK-Blattspinat
20 g Korinthen oder Rosinen
½ Bund Frühlingszwiebeln
(etwa 75 g)

¼ Bund Schnittlauch
½ EL Olivenöl
gem. Pfeffer
ger. Muskatnuss

Pro Portion:
E: 34 g, F: 15 g, Kh: 27 g,
kJ: 1615, kcal: 386, BE: 2,0

Zubereitung:

1. Für den Tofu den Tofu trocken tupfen, in etwa 2 cm breite Streifen schneiden, in eine Schale legen. Beide Senfsorten mit Essig verrühren, mit Salz würzen. Die Marinade auf den Tofustreifen verteilen und den Tofu anschließend zugedeckt etwa 40 Minuten darin marinieren.

2. Für die Dicken Bohnen die gefrorenen Bohnen in kochendem Salzwasser etwa 3 Minuten kochen. Die Bohnen in ein Sieb geben, mit kaltem Wasser abspülen und etwas abkühlen lassen. Die Kerne jeweils aus der Schale drücken.

3. Knoblauch abziehen und in kleine Stücke schneiden. Olivenöl in einem breiten Topf erhitzen. Gefrorenen Blattspinat, Knoblauch und Korinthen oder Rosinen darin kurz unter Rühren andünsten. Den Spinat zugedeckt etwa 5 Minuten bei mittlerer Hitze dünsten.

4. Die Frühlingszwiebeln putzen, abspülen, abtropfen lassen und in 2 cm lange Stücke schneiden. Die Frühlingszwiebelstücke mit den Bohnenkernen zum Spinat geben und zugedeckt etwa 3 Minuten bei mittlerer Hitze dünsten.

5. Inzwischen Schnittlauch abspülen, trocken tupfen und in Röllchen schneiden.

6. Das Olivenöl in einer beschichteten Pfanne erhitzen. Tofustreifen mit der Marinade darin bei mittlerer Hitze heiß werden lassen.

7. Das Gemüse mit Salz, Pfeffer und Muskat würzen. Tofu mit dem Gemüse anrichten. Schnittlauchröllchen auf den Tofu streuen.

Dicke Bohnen sind aus?

Kein Problem! Die tiefgekühlten Dicken Bohnen können durch die gleiche Menge Erbsen (tiefgekühlt) ersetzt werden. Die Erbsen müssen nicht in Salzwasser vorgegart zu werden.

Und so wird daraus ein Hauptgericht:

Dazu passen Pellkartoffeln hervorragend. Einfach 500 g festkochende Kartoffeln unter fließendem Wasser abbürsten, knapp mit Wasser bedeckt, zugedeckt zum Kochen bringen und in etwa 20 Minuten gar kochen.

Tofu mit Dicken Bohnen

Dauert etwa 30 Minuten, ohne Marinierzeit, für 2 Personen.

Lieblingsfarbe Grün

Zutaten:

300 g Weizenmehl (Type 1050)
200 g Dinkelmehl (Type 1050 oder 630)
½ Pck. (21 g) frische Hefe
250 ml lauwarmes Wasser
1 Prise Zucker
1 EL Mohnsamen
1 EL Sesamsamen
1 EL Sonnenblumenkerne
1 EL Kürbiskerne
1 TL Salz
1 TL Olivenöl
etwas Wasser zum Bestreichen

Außerdem:
etwas Mehl für die Arbeitsfläche
Samen und Körner nach Wahl zum Bestreuen

Pro Stück:
E: 7 g, F: 4 g, Kh: 26 g,
kJ: 711, kcal: 169, BE: 2,0

Vollkornbrötchen

Dauert etwa 20 Minuten, ohne Geh- und Ruhezeit.
Backzeit: 20–25 Minuten, für 14 Stück.

Pur oder lecker belegt

Zubereitung:

1. Für den Teig beide Mehlsorten in einer Rührschüssel vermischen und in die Mitte eine Vertiefung eindrücken. Hefe hineinbröckeln, mit etwas Wasser und Zucker verrühren und etwa 15 Minuten stehen lassen.

2. Anschließend restliche Zutaten mit dem restlichen Wasser hinzufügen und mit einem Mixer (Knethaken) zunächst auf niedrigster, dann auf höchster Stufe in etwa 5 Minuten zu einem glatten Teig verarbeiten (der Teig darf noch etwas feucht sein). Den Teig zugedeckt so lange an einem warmen Ort gehen lassen, bis er sich sichtbar vergrößert hat.

3. Anschließend den Teig nochmals auf einer leicht bemehlten Arbeitsfläche mit den Händen etwas durchkneten. Dann in 14 Stücke von je etwa 60 g teilen und Brötchen daraus formen. Brötchen auf ein Backblech (mit Backpapier belegt) setzen, etwas flach drücken und in der Mitte der Brötchen eine Vertiefung einschneiden. Brötchen nochmals etwa 15 Minuten gehen lassen, bis sie sich sichtbar vergrößert haben.

4. In der Zwischenzeit den Backofen vorheizen.
Ober- und Unterhitze: etwa 220 °C
Heißluft: 200 °C
Dabei ein ofenfestes Gefäß mit heißem Wasser füllen und auf einen Metall-Kuchenrost auf den Boden des Backofens stellen (die Brötchen werden durch den heißen Wasserdampf besonders locker).

5. Die Brötchen mit etwas Wasser bestreichen und nach Belieben mit Samen und Körnern bestreuen. Das Backblech in den vorgeheizten Backofen (Mitte) schieben. Die Brötchen **20–25 Minuten backen.**

6. Die Brötchen mit dem Backpapier von dem Backblech auf einen Kuchenrost ziehen und etwas abkühlen lassen.

Dazu passen:

Zum Beispiel die Aufstriche von Seite 12/13.

Gefriergeeignet:

Die Brötchen lassen sich prima portionsweise einfrieren (maximale Lagerdauer: 2–3 Monate). Zum Aufbacken die Brötchen kurz antauen lassen und auf dem Brötchenaufsatz des Toasters von beiden Seiten kurz aufbacken.

Zutaten:

Zum Vorbereiten:
50 g getrocknete Soft-Aprikosen
100 g Walnusskerne
50 g vegane Schokolade (aus Reformhaus, Naturkostladen oder Online-Versand)

Für den Teig:
100 g Weizenmehl (Type 1050)
50 g Dinkelmehl (Type 1050)
2 EL Johannisbrotkernmehl oder Pfeilwurzelmehl (etwa 20 g)
4 EL Carobpulver (aus Reformhaus oder Naturkostladen) oder Kakaopulver
1 Prise Salz
½ TL Natron
1 Vanilleschote
75 g Voll-Rohrzucker
250 ml Agavendicksaft
100 ml Speiseöl, z. B. Sonnenblumen- oder Rapsöl
1 EL Zitronensaft
50 g getrocknete Cranberrys

Für den Guss:
200 g vegane Schokolade (aus Reformhaus, Naturkostladen oder Online-Versand)
100 g Sojasahne

Außerdem:
1 Stück Backpapier für die Form

Pro Stück:
E: 2 g, F: 11 g, Kh: 20 g,
kJ: 773, kcal: 184, BE: 1,5

Dauert etwa 40 Minuten, ohne Abkühlzeit.
Backzeit: etwa 25 Minuten,
für 28 Stück.

Zubereitung:

1. Zum Vorbereiten eine rechteckige Auflaufform (etwa 14 x 26 cm, evtl. gefettet) mit etwas Backpapier auslegen. Die Aprikosen in kleine Würfel schneiden. Die Walnusskerne und die Schokolade fein hacken.

2. Den Backofen vorheizen.
Ober-Unterhitze: etwa 180 °C
Heißluft: etwa 160 °C

3. Für den Teig Weizenmehl mit Dinkelmehl, Johannisbrotkern- oder Pfeilwurzelmehl, Carob- oder Kakaopulver, Salz und Natron in einer Rührschüssel mischen. Vanilleschote der Länge nach aufschneiden und mit dem Messerrücken das Mark herausschaben. Vanillemark mit Zucker, Agavendicksaft, Speiseöl und Zitronensaft zu der Mehlmischung geben.

4. Die Zutaten mit einem Mixer (Rührstäbe) zunächst kurz auf niedrigster, dann auf höchster Stufe in etwa 1 Minute zu einem glatten Teig verarbeiten. Aprikosenwürfel, gehackte Walnüsse und Schokolade sowie die Cranberrys kurz unterheben.

5. Den Teig in die Auflaufform geben und glatt streichen. Die Auflaufform auf dem Rost (Mitte) in den vorgeheizten Backofen schieben. Den Brownie-Kuchen **etwa 25 Minuten backen.**

6. Die Auflaufform auf einen Kuchenrost stellen. Den Brownie-Kuchen erkalten lassen.

7. Für den Guss Schokolade in kleine Stücke brechen und mit Sojasahne in einem kleinen Topf im Wasserbad bei schwacher Hitze unter Rühren schmelzen. So lange rühren, bis eine geschmeidige Masse entstanden ist.

8. Den Guss mit einem Teigschaber oder einem Esslöffel auf dem Kuchen verteilen und trocknen lassen. Den Brownie-Kuchen in Würfel (etwa 4 x 4 cm) schneiden.

Einfach nur gut
Schoko-Brownies

Fürs Auge:
Bestreuen Sie den noch feuchten Guss mit klein geschnittenen Trockenfrüchten.

Für mehr Abwechslung:
Die Brownies schmecken auch mit anderen getrockneten Früchten wie Äpfeln, Ananas, Ingwer oder Rosinen sehr lecker.

Für gutes Gelingen:
Bei Kuchenrezepten darauf achten, dass sich der Voll-Rohrzucker beim Kneten oder Rühren gut löst – dafür evtl. Zuckerklumpen mit den Händen oder einem Löffel fein zerreiben.

Warenkunde:
Johannisbrotkernmehl und Pfeilwurzelmehl sind geschmacksneutral und können Flüssigkeiten ab einer Temperatur von etwa 65 °C binden – ähnlich wie Eigelb.
Carobpulver wird aus der Frucht des Johannisbrotbaumes gewonnen. Es wird wie Kakaopulver verwendet und ist reich an Rohfasern (Ballaststoffen), enthält wichtige Vitamine und Mineralstoffe und ist im Vergleich zu Kakao kalorienärmer. Durch den natürlichen Süßungsgeschmack können andere Süßungsmittel reduziert werden.

Dinkel-Kirsch-Muffins

Kaffeepause

Dauert etwa 20 Minuten, ohne Kühlzeit.
Backzeit: etwa 30 Minuten,
für 12 Stück.

Zubereitung:

1. Die Mulden einer Muffinform für 12 Muffins mit den Papierbackförmchen auslegen.

2. Den Backofen vorheizen.
Ober-/Unterhitze: etwa 180 °C
Heißluft: etwa 160°C

3. Für den Teig beide Mehlsorten mit Mandeln oder Nusskernen, Natron, Zitronenschale und Salz in einer Rührschüssel mit einem Schneebesen verrühren.

4. Sojamilch, Agavendicksaft, Öl und Zitronensaft in einem Rührbecher mit dem Schneebesen gut verrühren. Die flüssigen Zutaten zu der Mehlmischung in die Rührschüssel geben und zu einem glatten Teig verrühren (der Teig sollte leicht schwerreißend von einem Löffel fallen).

5. Die Hälfte des Teiges in die Muffinmulden geben. Die Kirschen gleichmäßig darauf verteilen. Den restlichen Teig daraufgeben. Die Form auf dem Rost (Mitte) in den vorgeheizten Backofen schieben. Dinkel-Kirsch-Muffins **etwa 30 Minuten backen.**

6. Die Form auf einen Kuchenrost stellen. Die Muffins etwa 5 Minuten in der Form stehen lassen, dann aus der Form nehmen und auf dem Kuchenrost erkalten lassen.

Zutaten:

Für den Teig:
225 g Weizenmehl (Type 1050)
75 g Dinkelmehl (Type 1050)
75 g gehackte Mandeln oder Haselnusskerne
1 TL Natron
abgeriebene Schale von 1 Bio-Zitrone (unbehandelt, ungewachst)
1 Prise Salz
150 ml Sojamilch
150 g Agavendicksaft
75 ml Speiseöl, z. B. Sonnenblumen- oder Rapsöl
1 EL Zitronensaft

175 g abgetropfte Sauerkirschen (aus dem Glas)

Außerdem:
12 Muffin-Papierbackförmchen

Pro Portion:
E: 5 g, F: 11 g, Kh: 30 g,
kJ: 987, kcal: 235, BE: 2,5

Oder lieber den Klassiker?

Für vegane **Heidelbeer-Muffins** 250 g frische Heidelbeeren verlesen, vorsichtig abspülen, sehr gut abtropfen lassen und zusätzlich mit Küchenpapier trocken tupfen. Den Teig wie beschrieben zubereiten. Heidelbeeren vorsichtig und kurz mit dem Teigschaber oder einem Esslöffel unter den Teig heben (dabei nicht zu stark rühren, da die Früchte den Teig sonst lila einfärben). Den Teig in den Muffinmulden verteilen und wie im Rezept beschrieben backen. Das klappt übrigens auch mit tiefgekühlten Heidelbeeren. Diese gefroren vorsichtig unter den Teig heben.

Wunderbar flexibel:

Die Muffins schmecken natürlich auch mit anderen Früchten, zum Beispiel mit abgetropften und klein gewürfelten Aprikosen oder Pfirsichen (aus der Dose). Je nach Saison kann man natürlich auch frische Früchte verwenden. Für die Kirschmuffins dann aber 250 g frische Kirschen einplanen. Diese abspülen, abtropfen lassen, entstielen und entkernen. Wer mag, rührt 1 klein gehackten Riegel (etwa 20 g) vegane Schokolade (aus Reformhaus, Naturkostladen oder Online-Versand) unter den Teig.

Sojamilchreis

Süßes für Leckermäuler

Dauert etwa 40 Minuten, für 2 Personen.

Zutaten:

500 ml Sojamilch
1 TL Voll-Rohrzucker
125 g Rundkornreis (Milchreis)

130 g abgetropfte Aprikosenhälften (aus der Dose)
2 Kiwis
7–8 EL Orangensaft (von etwa ½ großen Orange)
1–2 TL Ahornsirup oder Agavendicksaft

Pro Portion:
E: 13 g, F: 5 g, Kh: 80 g,
kJ: 1796, kcal: 430, BE: 6,5

Zubereitung:

1. Sojamilch mit Zucker in einem kleinen Topf verrühren und zugedeckt zum Kochen bringen. Den Reis einstreuen, dann umrühren und zum Kochen bringen. Den Reis bei schwacher Hitze mit halb aufgelegtem Deckel etwa 30 Minuten quellen lassen, dabei gelegentlich umrühren (damit nichts anbrennt).

2. In der Zwischenzeit Aprikosen in schmale Spalten schneiden. Kiwis schälen, längs vierteln und in kleine Stücke schneiden.

3. Orangensaft mit Ahornsirup oder Dicksaft in einer Schüssel verrühren. Aprikosenspalten und Kiwistücke unterrühren und darin so lange ziehen lassen, bis der Reis gar ist. Die Obstmischung gelegentlich umrühren.

4. Den Sojamilchreis in Müslischalen oder tiefen Tellern verteilen und mit dem marinierten Obst dekorativ anrichten.

So wird's wunderbar kernig:

1–2 Esslöffel Sonnenblumenkerne oder Mandelstifte in einer Pfanne ohne Fett unter Wenden goldbraun rösten, kurz abkühlen lassen und auf den Reis streuen.

Und so wunderbar cremig:

Den Rundkornreis in 50–100 ml mehr Sojamilch zubereiten. Oder einfach etwas Sojajoghurt unter den fertig gegarten Reis rühren.

Auch lecker:

Statt Rundkornreis die gleiche Menge Dinkel- oder Vollkornreis nehmen.

Holunder-Apfel-Smoothie

Süß & fruchtig

Dauert etwa 10 Minuten, ohne Abkühlzeit.
Gefrierzeit: etwa 2 Stunden (Eismaschine etwa 35 Minuten),
für 4 Personen.

Zubereitung:

1. Apfelmus mit Sirup und Apfelsaft verrühren, in eine flache, gefrierfeste Form geben und zugedeckt in den Gefrierschrank stellen. Die Masse etwa 2 Stunden gefrieren lassen. Dabei die Masse alle 30 Minuten umrühren. Oder die Apfelmusmasse in einer vorbereiteten Eismaschine in etwa 35 Minuten gefrieren lassen.

2. Die Apfelmusmasse mit einem Pürierstab pürieren.

3. Smoothie in 4 Longdrinkgläser füllen und genießen.

Allein zu Haus?

Die Apfelmusmasse kann auch in kleinen Portionen aus dem Gefrierschrank genommen und püriert werden. Der Rest bleibt dann einfach bis zur nächsten „Lust auf Eis" eingefroren.

Zutaten:

700 g Apfelmus (aus dem Glas)
50 ml Holunderblüten-Sirup (erhältlich im Bioladen oder Getränkehandel)
300 ml Apfelsaft
evtl. einige Holunderblüten oder essbare Blüten

Pro Portion:
E: 0 g, F: 0 g, Kh: 47 g,
kJ: 838, kcal: 200, BE: 4,0

Zubereitung:

1. Quinoa nach Packungsanleitung in dem Wasser gar kochen. Dafür Quinoa mit der doppelten Menge an Wasser aufkochen und bei schwacher Hitze zugedeckt etwa 25 Minuten köcheln lassen. Den Topf von der Kochstelle nehmen. Quinoa etwa 5 Minuten weiter ausquellen, dann abkühlen lassen.

2. Für das Birnenmus in der Zwischenzeit Birnen abspülen, abtrocknen, schälen, vierteln, entkernen und in kleine Stücke schneiden. Die Birnenstücke mit dem Wasser in einem Topf zum Kochen bringen und bei schwacher Hitze zugedeckt 10–15 Minuten kochen, bis sie weich sind. Dabei ab und zu umrühren, damit nichts anbrennt.

3. Die Birnenmasse pürieren (Vorsicht: Die Masse ist heiß!), mit Zucker und Zimt abschmecken, dann abkühlen lassen.

4. Den gegarten, abgekühlten Quinoa mit dem Joghurt verrühren. Die Quinoa-Joghurt-Masse nach Belieben mit etwas Frucht-Dicksaft nachsüßen.

5. Die Quinoa-Joghurt-Masse in 4 gleich große Portionen teilen. Von jeder Portion die Hälfte in ein Glas einfüllen. Das Birnenmus in 4 gleich große Portionen teilen und je eine Portion daraufgeben. Die restliche Quinoa-Joghurt-Masse darauf verteilen und nach Belieben mit Zimt bestreuen.

Zutaten:

125 g Quinoa
etwa 250 ml Wasser

Für das Birnenmus:
2 Birnen (etwa 400 g)
2 EL Wasser
evtl. ½–1 TL Zucker
etwas gem. Zimt

etwa 100 g Sojajoghurt
1 TL Frucht-Dicksaft, z. B. Birnen- oder Agaven-Dicksaft
evtl. etwas gem. Zimt zum Bestreuen

Pro Portion:
E: 6 g, F: 2 g, Kh: 30 g,
kJ: 696, kcal: 165, BE: 2,5

Dolce Vita aus dem Glas

Birnenmus-Trifle

Dauert etwa 40 Minuten,
ohne Abkühlzeit,
für 4 Personen (als Dessert).

Deko-Tipps:

Birnenmus-Trifle mit Nüssen, Sonnenblumenkernen oder Kokosraspeln bestreut servieren. Nicht vergessen: Alles kurz in einer Pfanne ohne Fett unter Wenden anrösten, so schmeckt das Eigenaroma intensiver hervor. Gut machen sich immer auch einige abgespülte, trocken getupfte Zitronenmelisse- oder Minzeblättchen.

Oder Schicht für Schicht:

Für geschichtetes Birnenkompott mit Quinoa (im Foto links) die stückigen Birnen (mit der Flüssigkeit) nicht pürieren. Birnenkompott ebenso mit Zucker und Zimt abschmecken. Abwechselnd in Gläser etwas abgekühlten Quinoa, etwas Joghurt und etwas Birnenkompott einschichten. Solange wiederholen, bis alle Zutaten verbraucht sind.

Austausch-Tipp:

Statt Quinoa kann man auch Amaranth nehmen (Packungsanleitung beachten).

Noch ein Tipp:

Die Menge ist geplant für 4 Dessertportionen. Als süßes Hauptgericht reicht es für 2.

Apfelfan?

Dann statt Birnenmus die gleiche Menge Apfelmus für ein **Apfelmus-Trifle** einplanen (entweder selbst gemacht oder gekauft). Für die Geschmacksharmonie am besten mit Apfel-Dicksaft süßen.

Dauert etwa 20 Minuten, ohne Ruhezeit, für 2 Stück.

Pfannkuchen

Rein in die Pfanne, raus aus der Pfanne, fertig!

Zubereitung:

1. Für den Teig Mehl mit Natron in einer Rührschüssel mischen. Apfelsaft und Sojamilch mit Zitronensaft, Zucker, Zimt und Salz hinzufügen. Die Zutaten mit einem Mixer (Rührstäbe) zunächst kurz auf niedrigster, dann auf höchster Stufe in etwa 2 Minuten zu einem glatten Teig verarbeiten. Den Teig 20–30 Minuten ruhen lassen.

2. Von dem Öl 1 Esslöffel in einer großen Pfanne erhitzen. Den Teig gut durchrühren. Die Hälfte des Teiges mit einer Suppenkelle in die Pfanne geben und etwas verstreichen. Den Pfannkuchen bei mittlerer bis starker Hitze von beiden Seiten goldbraun backen. Aus dem restlichen Teig in dem restlichen Öl einen weiteren Pfannkuchen backen.

3. Die fertigen Pfannkuchen mit Marmelade, Konfitüre, Ahornsirup oder Dicksaft bestreichen und servieren.

Dazu schmeckt:

Frisches Obst.

Lust auf mehr?

Der Pfannkuchenteig lässt sich problemlos für mehrere Portionen verdoppeln. Wichtig: Den Teig vor jedem Backen etwas umrühren.
Bereits gebackene Pfannkuchen können im vorgeheizten Backofen bei etwa 80 °C (Ober-/Unterhitze) bzw. etwa 60 °C (Heißluft) warm gehalten werden. Die einzelnen Pfannkuchen mit wenig Zucker bestreuen, damit sie nicht zusammenkleben.

Noch Äpfel da?

Für den Klassiker **Apfelpfannkuchen** (im Foto vorne) den Teig wie beschrieben zubereiten. Zusätzlich 2 mittelgroße säuerliche Äpfel (z. B. Boskop) schälen, vierteln, entkernen und in dünne Spalten schneiden. Etwas Öl in der Pfanne erhitzen, den Teig einfüllen und sogleich mit der Hälfte der Apfelspalten belegen. Den Pfannkuchen backen, nach der Hälfte der Backzeit vorsichtig wenden und weiterbacken. Die restlichen Apfelspalten und den restlichen Teig auf die gleiche Weise verarbeiten.

Lieber pikant?

Für **pikante Pfannkuchen** 150 g Weizenmehl (Type 1050) mit ¾ Teelöffel Natron mischen. 300 ml Sojamilch, 1 ½ Esslöffel Zitronensaft und 1 Prise Salz zufügen. Alle Zutaten verrühren, quellen lassen und in zwei Portionen wie beschrieben backen.

Zutaten:

Für den Teig:
150 g Weizenmehl (Type 1050)
½ TL Natron
150 ml naturtrüber Apfelsaft
150 ml Sojamilch
1 EL Zitronensaft
1 EL Zucker
1 Msp. gem. Zimt
1 Prise Salz

Außerdem:
2 EL Speiseöl, z. B. Sonnenblumenöl, zum Braten
je 1 EL selbst gemachte Marmelade oder Konfitüre, Ahornsirup oder Dicksaft von Agave, Apfel oder Birne zum Bestreichen

Pro Stück:
E: 12 g, F: 13 g, Kh: 86 g, kJ: 2151, kcal: 514, BE: 7,0

Kapitelregister

Frühstücksideen

Topfgucker

Knackig & frisch: Salate

Dies & Das

Aus dem Rohr

Sweet Stuff

Alphabetisches Register

Für Fragen, Vorschläge oder Anregungen stehen Ihnen der Verbraucherservice der Dr. Oetker Versuchsküche Telefon: 00800 71 72 73 74 Mo.–Fr. 8:00–18:00 Uhr (gebührenfrei in Deutschland) oder die Mitarbeiter des Dr. Oetker Verlages Telefon: +49 (0) 521 52 06 51 Mo.–Fr. 9:00–15:00 Uhr zur Verfügung.

Oder Sie schreiben uns an
Dr. Oetker Verlag KG, Am Bach 11, 33602 Bielefeld
oder besuchen uns im Internet unter www.oetker-verlag.de, www.facebook.com/Dr.OetkerVerlag oder www.oetker.de.

Umwelthinweis: Dieses Buch und der Einband wurden auf FSC®-zertifiziertem, chlorfrei gebleichtem Papier gedruckt. Die Einschrumpffolie – zum Schutz vor Verschmutzung – ist aus umweltfreundlichem und recyclingfähigem PE-Material.

FSC® www.fsc.org MIX Papier aus verantwortungsvollen Quellen FSC® C011124

Redaktion: Christina Langner

Innenfotos: Antje Plewinski, Berlin außer
Walter Cimbal, Hamburg (S. 27)
Fotostudio Diercks, Hamburg (S. 88)
Janne Peters, Hamburg (S. 31, 35, 41, 45, 48, 51, 57, 77, 79)
Hans-Joachim Schmidt, Hamburg (S. 36)

Rezeptentwicklung und -beratung: Irmgard Radke, Calden

Foodstyling: Anke Rabeler, Berlin

Nährwertberechnungen: Nutri Service, Hennef

Grafisches Konzept, Satz und Gestaltung: kontur:design, Bielefeld

Reproduktionen, Druck und Bindung: Mohn Media Mohndruck GmbH, Gütersloh

ISBN: 978–3–7670–0995–0